FRIEDERIKE SCHMÖE

SCHATTEN ÜBER SÜDTIROL

DIE DUNKLE SEITE DER BERGE Vera hat ihren Job verloren, die Wohnung wird ihr gekündigt. Finanziell steht sie total auf dem Schlauch. Um die Kaution für die neue Wohnung aufzubringen, erklärt sie sich bereit, als Kurier eine Charge Kokain nach Südtirol zu bringen. Ihre betagte Nachbarin Irma begleitet sie – ohne zu ahnen, dass diese Reise kein entspannter Urlaub wird. Als Vera die Ware übergeben will, wird auf sie geschossen. Nur knapp dem Tod entkommen, versucht sie, Irma in Sicherheit zu bringen, doch die ist spurlos verschwunden. Vera rettet sich in die vermeintliche Sicherheit einer abgelegenen Schutzhütte in den Bergen. Dort trifft sie einen einsamen Bergsteiger, der ihr seine Hilfe anbietet. Kann sie ihm trauen? Denn nicht nur ihr Leben, sondern auch das von Irma steht auf dem Spiel. Verfolgt von Drogenkartell und Polizei bleibt ihr nur der riskante Fluchtweg über die Alpen …

Geboren und aufgewachsen in Coburg, wurde Friederike Schmöe früh zur Büchernärrin – eine Leidenschaft, der die Universitätsdozentin heute beruflich nachgeht. In ihrer Schreibwerkstatt in der Weltkulturerbestadt Bamberg verfasst sie seit 2000 Kriminalromane und Kurzgeschichten, gibt Kreativitätskurse für Kinder und Erwachsene und veranstaltet Literaturevents, auf denen sie in Begleitung von Musikern aus ihren Werken liest. Ihr literarisches Universum umfasst unter anderem die Krimireihen um die Bamberger Privatdetektivin Katinka Palfy und die Münchner Ghostwriterin Kea Laverde.

FRIEDERIKE SCHMÖE

SCHATTEN ÜBER SÜDTIROL

KRIMINALROMAN

GMEINER

Immer informiert

Spannung pur – mit unserem Newsletter informieren wir Sie regelmäßig über Wissenswertes aus unserer Bücherwelt.

Gefällt mir!

Facebook: @Gmeiner.Verlag
Instagram: @gmeinerverlag
Twitter: @GmeinerVerlag

FSC
www.fsc.org
MIX
Papier | Fördert gute Waldnutzung
FSC® C014496

Besuchen Sie uns im Internet:
www.gmeiner-verlag.de

Im Ehnried 5, 88605 Meßkirch
Telefon 07575/2095-0
info@gmeiner-verlag.de

1. Auflage 2023

Lektorat: Claudia Senghaas, Kirchardt
Herstellung: Mirjam Hecht
Umschlaggestaltung: U.O.R.G. Lutz Eberle, Stuttgart
unter Verwendung eines Fotos von: © Svenni / stock.adobe.com
Druck: GGP Media GmbH, Pößneck
Printed in Germany
ISBN 978-3-8392-0409-2

PROLOG

Vera rennt. Ihr ganzer Körper kennt nur eins: weg!

Sie umrundet die Wandergruppe, die vor dem Eingang zur Bergstation unschlüssig herumsteht. Die automatischen Türen gleiten beiseite. Sie läuft in die Station. Hier drinnen sind kaum Leute. Verdammt! Sie hat auf den Schutz der Menge gehofft. Ein kurzer Blick zurück durch die Glastür. Die Männer aus dem Geländewagen stürmen heran. Außer Vera ist niemand hier drin. Kein Aufsichtspersonal. Kein Passagier, der ins Tal möchte. Auch keiner, der oben ankommt. Gondel um Gondel schaukelt leer an ihr vorbei.

Die Toilette!

Vera stößt die Tür auf. Erste Tür links: das Herrenklo. Sie rennt hinein, in eine Kabine. Kein Licht. Sie steigt auf den Klodeckel und zieht sich hoch, hockt sich auf die Trennwand, zieht den Kopf ein. Über ihr hängt das Gitter einer Belüftung halb aus der Wand. Sie reißt daran, zerrt, ein keuchender Laut entfährt ihr.

Schon hält sie es in den Händen. Schnell kriecht sie in den Schacht dahinter, mit den Füßen voran, zieht den Kopf ein, rammt das Gitter in Position. Kriecht noch ein Stück weiter. Hinter sich spürt sie einen deutlichen kühlen Luftzug.

Jemand kommt herein. Vera stellt das Atmen ein.

»Verflucht, kein Licht, oder was?« Der Typ schlägt ein paarmal auf den Schalter. Nichts.

Eine Taschenlampe flammt auf, leuchtet in die Klokabine. Der Lichtstrahl wandert hoch, gleitet über das Gitter. Vera schließt die Augen, presst ihr Gesicht auf den staubigen Boden.

»Scheiße!«, flucht der Verfolger.

»Im Frauenklo nichts«, kommt es von draußen.

Vera blinzelt. Der Lichtschein kommt noch näher. Dann, abrupt, geht das Licht aus.

»Hier auch nichts.«

Ganz vorsichtig atmet Vera durch. Die Tür fällt zu.

1.

Vera starrt auf die Tüte, die Darius ihr in die Hand drückt. Es ist eine große Tüte aus dickem, reißfestem Plastik, wie man sie in Möbelhäusern bekommt, darin sind vier Päckchen, in Folie verpackt, mit breiten Klebstreifen umwickelt. Sie tastet über die Folie. Schätzt das Gewicht. Drei Kilo? Vier Kilo? Eher vier.

»Am Freitag bekommst du das Geld!«, unterbricht er ihre Gedanken.

»Ist das sicher? Ich muss es Freitagmorgen in Händen haben. Die Summe muss spätestens mittags bei der GWL eingehen.« Gesellschaft für Wohnen und Leben. Was für ein protziger Name! Nur leider ihre letzte Rettung.

»Bombensicher.«

Seine Unterarme sind behaart, sogar seine Hände. Der schmuddelige Bart macht sein zartes Gesicht unansehnlich. Er riecht nach Schweiß und nach etwas anderem, das sie nicht benennen kann, irgendwie chemisch, findet sie. Sein Blick ist unstet, die großen dunklen Augen geistern über den Parkplatz. Er atmet hektisch durch den Mund. Es ist Anfang Juli, kurz nach 22 Uhr abends. Ein leichter Wind fährt durch die dürren Birken, die den Parkplatz säumen, dahinter beginnt ein Wanderweg. Jenseits, vielleicht einen guten Kilometer entfernt, liegt ein Wald, im Zwielicht nur eine dunkle Masse, bewegungslos und still. Kein Vogel pfeift. Auf der schmalen Straße ist um diese Zeit kein Auto mehr unterwegs. Immer wieder sieht Darius sich um, nervös, hektisch, aber sein Gesichtsausdruck bleibt davon seltsam unberührt. Fast, als ginge ihn dieses Treffen nichts an.

»Du weißt, wie du fahren musst?«

»Natürlich.«

»Ich verlasse mich auf dich. Hast du das Handy?«

»Sicher.«

»Denk dran: Kontaktaufnahme nur, wenn etwas schiefgeht.«

Ihr krampft sich der Magen zusammen. »Meinst du, es ist riskant?«

»Alles ist immer irgendwie riskant. Aber du kannst eine Menge Geld verdienen.« Er sagt es herablassend. »Du brauchst doch Geld.«

Nie war es so eng. Selbst in den an Problemen reichen Zeiten als Alleinerziehende. Also nickt sie und schämt sich dabei.

»Okay. Dann wäre alles geklärt.« Es klingt fast so, als täte er ihr einen Gefallen.

Und so ist es auch, denkt Vera. Sie lässt sich darauf ein, weil sie nicht anders kann. Wenn es funktioniert, dieses eine Mal, dann hat sie die Summe, die sie braucht.

»Denk dran, wenn jemand fragt: Mein Name tut nichts zur Sache. Du weißt nicht, von wem du das Zeug hast, klar?« Seine Augen bohren sich in ihre, mit einem strengen, unbarmherzigen Ausdruck.

»Ja, natürlich. Das habe ich verstanden.«

Seit Jahren benutzt er einen anderen Namen.

»Du weißt nichts von mir. Du sagst auch deinen Namen nicht, kapiert? Zu niemandem.«

Vera nickt schweigend. Sie muss irgendwo übernachten, da muss sie sich ausweisen, schließlich ist Italien Ausland. Mag sein, dass Darius glaubt, sie würde im Auto schlafen. Über solche Details haben sie nicht gesprochen.

»Du brauchst nicht nervös zu werden«, sagt Darius mit einem scharfen Unterton in der Stimme. »Es gibt keine Kontrollen mehr. Nur auf dem Weg zurück an der bayerischen Grenze.«

Sie denkt, das Päckchen ist sie auf der Rückreise sowieso los, zwar wird sie Geld in der Tasche haben, viel Geld, doch wen sollte das interessieren, eine Frau Mitte 40 gehört nicht zur klassischen Zielgruppe, die der Zoll genauer unter die Lupe nimmt. Junge Männer mit behaarten Armen sind verdächtig, solche wie Darius. Solche mit unstetem Blick, mit Geisteraugen, mit einem schweißig-chemischen Geruch, der ihnen anhaftet, egal, wie viel Aftershave sie über sich drüber kippen. Vera versucht vergeblich, etwas Vertrautes in Darius' Gesicht zu entdecken; ein Lächeln, das ihr Mut machen könnte, zum Beispiel. Wenn sie nur wüsste, wo er wohnt.

»Okay, ich muss dann.« Darius nickt ihr zu, wie man einer flüchtigen Bekannten auf der Straße zunickt. Dabei wippt sein dünner Pferdeschwanz. Sein Haar wird schütter, jetzt schon. Seine hübschen seidigen Wimpern sind verlorengegangen. Sie möchte sagen, warte, wie geht es dir, komm mich mal besuchen, trinken wir einen Kaffee zusammen, aber er sitzt schon in dem schmutzbespritzten Pick-up, lässt den Motor an. Wozu braucht er einen Pick-up, denkt sie, und womit hat er den bezahlt? Der schwere Wagen braust vom Parkplatz, wirbelt Split auf. Seit Jahren stellt sie ihm keine Fragen mehr, genau genommen, seit er 16 wurde. Müde geht sie zu ihrem Polo, schiebt die Tüte unter den Beifahrersitz und fährt nach Hause.

Es ist Samstag, der 4. Juli, 22.45 Uhr.

2.

Vera packt. Dazu lässt sie die CD mit den Bergliedern laufen, die Walter mal angeschafft hat. Die hat sie immer belächelt, sie mag keine Berge, die verstellen ihr die Sicht, nur jetzt ist sie genau dahin unterwegs. Wobei sie, genau genommen, bloß durchfährt. Hin, Auftrag erledigen, weg. Keine Zeit, mit einer Gondelbahn auf einen Gipfel zu fahren.

La Montanara, singt ein Chor. Der alte Hit von Vico Torriani. Gehört verboten, denkt Vera, so was von schmalzig. Aber irgendwie schön. Die Nacht ist mild. Die Straße liegt ruhig. In der Wohnung über ihr schrappt ein Möbel über den Boden.

Sie wird niemanden informieren. Oder doch – Irma Seliger vielleicht, die im Erdgeschoss wohnt. Die könnte ihre, also Veras, Post in ihre Wohnung legen. Nur damit nicht auffällt, dass Vera nicht da ist. Man kann nie wissen. Irma wird nichts fragen, die lebt auch allein mit ihren Geheimnissen, wie Vera eben.

»Von fern rauscht der Wasserfall«, singt der Chor.

Sie hat früher mit Walter gecampt, als Darius noch klein war. Das große Ziel war jeden Sommer die Adria. Sie hatten einen Anhänger mit Zelt, Feldküche, »ganz easygoing« nannte Walter das. Vera empfand diese Ferien trotz aller Freude über die Auszeit jedes Mal als Stress. Darius stolperte ständig über die Heringe und über die Seile, die das Zelt hielten, fiel hin und weinte. Er war ein empfindliches Kind, das wenig lachte. Schon als Säugling verspannt. Walters Geduld reichte nicht weit, wenn es darum ging, den Kleinen zu trösten und Pflaster auf die aufgeschlagenen Knie zu kleben. Anfangs dachte sie, das wäre eben die Aufgabe der Mutter. Bis sie herausfand, was nicht stimmte.

Jetzt hat sie das kleine Zweipersonenzelt neben sich gelegt, die Wanderschuhe, Regenzeug, Sportklamotten, Gaskocher. Es soll alles so aussehen, als wollte sie campen. Ein netter Urlaub in Italien. Sie könnte vielleicht weiterfahren, ans Meer. Aber halt – sie muss zurück. Freitag ist Stichtag. Wenn sie das Geld am Freitag nicht hat …

Sie sieht sich um.

Alles hier ist zu Ende. Nicht nur für sie, auch für das ältere Paar über ihr und Irma Seliger im Parterre.

»Und durch die grünen Tannen bricht silbern das Licht.«

Ihre erste gemeinsame Wohnung mit Walter. Nein, eigentlich die zweite. Als Darius geboren wurde, lebten sie in einer Mansarde. Glühend heiß im Sommer, zugig im Winter. Unmöglich mit einem Säugling. Dennoch waren wir glücklich, denkt Vera, während sie ans Fenster tritt. Sie blickt hinunter in den Vorgarten, wo blaue Hyazinthen, von Irma liebevoll gepflegt, wie bunte Zuckerwatte in all dem Grün sitzen.

»Und eine Wolke kommt einsam gezogen.«

Sie fährt am Montag und übergibt am Dienstag. Na gut. Dann hat sie noch zwei Tage. Vielleicht sieht sie sich Bozen an? Den Ötzi? Isst Strudel und trinkt Cappuccino? Besucht das Orchideenmuseum? Im Internet hat sie sich ein wenig schlau gemacht über ihr Ziel. Nur um glaubwürdig rüberzukommen, falls es nötig wird. Sie hat auch Adressen von Campingplätzen in der Gegend ausgedruckt und eine App heruntergeladen, die Wanderungen in Südtirol mitsamt Kartenmaterial und allem Pipapo enthält. Just in case.

*

»Irma?« Vera klopft leise an die Wohnungstür im Erdgeschoss.

»Ja? Wer ist da?«

»Vera, von oben.«

Die Tür geht auf. Irma Seliger lächelt Vera erwartungsvoll an. »Schön, Sie zu sehen. Kommen Sie doch rein.«

»Nein, danke, nicht nötig. Ich wollte ohnehin nicht lange stören, wissen Sie. Ich bin am Packen.«

»Ach. Sie verreisen?«

»Ja, nur kurz, ab morgen, ein paar Tage, nach Südtirol.«

»Südtirol, wie schön. Dort habe ich mit meinem verstorbenen Mann ein, zwei Mal Urlaub gemacht.«

»Tatsächlich? Kennen Sie die Gegend gut?«

»Es wird sich sicher viel verändert haben.« Irma blickt gedankenverloren vor sich hin. »Werner ist vor zwölf Jahren gestorben. Sie wissen ja …«

Vera weiß. Werner Seliger, der plötzlich und unerwartet an einem Kammerflimmern starb. Das Haus hat zusammengehalten, die Bewohner haben Irma Seliger zur Seite gestanden, Vera mit Darius und das Paar im zweiten Stock. Vera schätzt Irma auf um die 70. Sie ist eine, die es irgendwie geschafft hat, nach diesem Schock ihr kleines persönliches Lebensglück wiederzufinden. Sie trifft von Zeit zu Zeit Freundinnen, lädt zum Kaffeeklatsch ein, betreut den kleinen Kräutergarten hinter dem Haus.

Den es bald nicht mehr geben wird.

»Ich wollte Sie nur bitten, wenn es keine Mühe macht: Könnten Sie meine Post in meine Wohnung legen? Ich lasse Ihnen den Schlüssel da.«

»Natürlich. Wann kommen Sie denn wieder?«

»Am Donnerstag schon.«

»Ach, schade, das wird ja ein kurzer Aufenthalt.«

»Wegen der Arbeit«, sagt Vera. »Ich habe am Freitag eine wichtige Besprechung.« Irma weiß nichts von Veras Job.

»Wenn ich an all die schönen Ecken denke, die Werner und ich erkundet haben«, lächelt Irma träumerisch.

»Wirklich?«

»Aber ja.« Irma redet weiter, doch in Vera breitet sich eine neue Idee aus. Etwas, das niemand zu wissen braucht. Eine Abweichung vom Plan. Unbedeutend, wirklich nur ein Detail. Nichts, was sie Darius gegenüber auch nur erwähnen würde.

»Möchten Sie vielleicht mitkommen?«, unterbricht sie Irmas Schwärmen.

Irma starrt Vera an.

»Sie meinen – nach Südtirol? Spontan?«

»Warum nicht?« Vera denkt an die Ware, die sie in ihre Reisetasche ganz unten gepackt hat. Zwei Frauen, und dann noch eine davon in Irmas Alter, die erregen doch nie Verdacht. Plötzlich sehnt sie sich danach, Gesellschaft zu haben. Jemanden, mit dem sie reden kann. »Wenn Sie gern campen?«

»Campen?« Irma lacht. »Ich bitte Sie: Als wir jung waren, reisten wir immer mit dem Zelt. Nun gut, das ist wirklich sehr lange her. Ich weiß nicht …« Sie betrachtet interessiert den Hausflur hinter Vera, als fände sich dort eine Entscheidungshilfe. »Wissen Sie was? Wenn Sie auf Ihre Post pfeifen, komme ich mit.«

Es ist Sonntag, der 5. Juli, 17.30 Uhr.

3.

In einer Nacht wie dieser kann man sich viele Gedanken machen. Zu viele. Vera wälzt sich zwischen den warmen Laken hin und her.

Was habe ich falsch gemacht? Wo fing alles an, den Bach runterzugehen?

Sie hat diese Fragen schon so oft beackert. Letztlich fällt alles auf sie zurück. Denn nur sie, Vera, hat sich in der Lage befunden, an den Stellschrauben zu drehen. Wie auch immer. Das Schlimmste jedoch konnte sie nicht ändern.

Oder hätte sie doch …?

Dass Darius da steht, wo er steht, ist ihre Schuld. Sie und Walter – das funktionierte nicht. Es musste irgendwann eskalieren, trotz aller Hilfe von außen. Zuerst hatte sie geglaubt, es allein zu schaffen. Liebe heilt alle Wunden, sagt man. Doch schließlich ermunterten sie die Freunde, die manches mitbekamen von dem, was schieflief, sich Hilfe zu suchen. Professionelle. Eine unruhige, mit Zweifeln und Tränen belastete Zeit. Das klägliche Scheitern ihrer bescheidenen Lebensplanung. Und Darius bekam das ab. In der Schule war er immer der Kleinste, der Dünnste, der, den alle mobbten. Sie konnte ihm nicht helfen. Dann fand er Freunde. Starke Freunde.

Vera steht auf. Sie lehnt sich weit aus dem geöffneten Fenster. Ein leichter Wind kühlt ihr erhitztes Gesicht. Im Osten dämmert es bereits. Um 7 Uhr wollen sie losfahren. Hätte sie Irma nicht einladen sollen? Eine Unvorsichtigkeit im Hinblick auf das große Ganze? Darius jedoch weiß es nicht, und sie fühlt sich sicherer, wenn sie auf der langen Fahrt mit jemandem reden kann. Wenn da einfach noch jemand ist, der neben ihr atmet.

Woher hat Darius das Kokain?

Sie hat die Tüte gewogen. Vier Kilo.

Verdammt.

Was sie tut, kann sie in den Knast bringen. Wenn sie jedoch nichts unternimmt, sitzt sie auf der Straße. In genau einem halben Jahr.

Sie sinkt aufs Bett. Sie muss bald eine weite Strecke fahren, braucht den Schlaf, der sich nicht finden lässt, der vor ihr flieht. Wenn die Übergabe am Dienstag nicht klappt, muss sie bis Mittwoch warten. Sollte es dann auch noch Hindernisse geben, bis Donnerstag. Nach dem dritten vergeblichen Versuch hat sie unverrichteter Dinge heimzukehren. Mit dem Stoff. Doch das wäre extrem unwahrscheinlich. Sagt Darius.

Ihr bricht der Schweiß aus. Es wird alles klappen. Für unvorhergesehene Fälle hat sie ja das Prepaidhandy. Sie wird das Geld bekommen. Nur darum geht es. Wenn jemand fragt, dann hat sie es sich zusammengeliehen. Bei Freunden. Für den Neuanfang. Den sie so dringend braucht. Wobei Vera keine Freunde hat. Nach dem Desaster mit Walter war ihr komplettes Leben aus dem Ruder.

Wobei bestimmt niemand fragen wird. So ist die Welt. Keiner fragt wirklich nach.

Sie liebt diese Julinächte. Die Helligkeit, die über allem liegt, da bleibt so ein Glimmen in der Luft, selbst wenn es dunkel ist. Ein unerklärlicher Zauber, der sie in jedem Sommer neu betört. Vielleicht ist das, was Vera als »Glimmen« bezeichnet, lediglich eine Erwartung. Dass es schnell wieder hell wird. So schnell, dass man nicht mehr schlafen muss.

Sie wird es nur einmal tun.

Niemand wird sie verdächtigen. Es ist an alles gedacht. Eine Frau wie sie wird man nicht kontrollieren. Auch nicht bei einer Schleierfahndung an der Grenze. Sie wird einfach durchs Raster rutschen. Insbesondere, da sie Irma dabei hat. Die Nachbarin ist die perfekte Tarnung.

Es ist Montag, der 6. Juli, 5.15 Uhr.

4.

Die Büsche am Rand der Autobahn fliegen an ihnen vorbei. Wenige Autos sind unterwegs an diesem Montagmorgen. Die Ferienreisenden haben sich bereits am Wochenende auf den Weg gemacht. Die linke Spur ist frei, Vera überholt einen Lkw.

»Freie Fahrt für freie Bürger«, sagt Irma und lacht.

Vera lacht auch. Sie ist so froh, nicht allein im Auto zu sein. Nicht grübeln zu müssen. Irmas kleiner Koffer liegt neben Veras Reisetasche im Kofferraum, außerdem das Zelt und das ganze Campingzubehör. Sie sind nur zwei Frauen auf einer Urlaubsreise.

»Wollen Sie wirklich im Zelt schlafen?«, fragt Irma plötzlich.

»Es ist die günstigste Möglichkeit.«

Irma schweigt eine Weile. Schließlich fragt sie vorsichtig:

»Haben Sie schon eine Wohnung gefunden?«

»Ich bin dran«, weicht Vera aus. Sie ist dran, und deswegen sitzt sie in diesem Auto.

Ihre einsilbigen Antworten scheinen Irma nicht aus dem Takt zu bringen. »Wissen Sie, es ist so schwierig. Wann immer ich eine Wohnung ansehe, schnappt sie mir ein anderer vor der Nase weg. Ich bin Rentnerin, wer nimmt mich als Mieterin?«

»Sie sind zuverlässig und haben sicher eine prima Schufa-Auskunft.« Anders als ich, denkt Vera.

»Geld ist der nächste wunde Punkt. Nach den Yuppies. Natürlich habe ich Ersparnisse, aber die Mieten sind dermaßen gestiegen in den letzten Jahren, außerdem muss Kaution gezahlt werden ... Meine Güte, ich habe über 30 Jahre in dieser Wohnung gelebt!«

Irma klingt wütend. Rasch wirft Vera ihr einen Blick zu.

»Es gäbe noch eine dritte Möglichkeit.«

»Gegen die Kündigung klagen?« Irma schnaubt. »Ich bitte Sie, Sie selbst haben das sofort abgelehnt. Und die Kassulkes im zweiten Stock ebenso. Wenn wir uns alle einig gewesen wären, hätte ich es womöglich gewagt, vor Gericht zu ziehen. Aber als Einzige?«

Vera nickt schuldbewusst. Das alte Stadthaus hat den Besitzer gewechselt. Der will generalsanieren. Die Kündigung wäre anzufechten, haben sie beim Mieterverein gesagt, aber es gäbe allerhand Ungereimtheiten. Was, wenn sie monatelange Bauarbeiten aushalten müssten, während sie im Haus wohnen? Vera hat sich sofort dagegen entschieden, den Immobilienhai herauszufordern, und die Kassulkes auch.

»Die Kassulkes haben jedenfalls eine Wohnung«, sagt Irma gedankenverloren. »Sie ziehen raus, aufs Land. In der Stadt können sie sich keine Wohnung leisten. Dabei waren die beiden Lehrer. Beziehen Beamtenpensionen. Verstehen Sie das, Vera? Es ist doch verrückt, oder? Gewissenhaftere Mieter kann man sich gar nicht vorstellen.«

Vera setzt den Blinker, um einen Milchlaster zu überholen. »Ich wusste gar nicht, dass die Kassulkes fündig geworden sind.«

»Nun, Sie haben einen anstrengenden Job und finden wenig Zeit zum Plaudern«, sagt Irma verständnisvoll.

Von wegen, denkt Vera. Bei mir laufen gerade eine Menge Schwierigkeiten auf. Wohnung, Job und diese eine blöde Sache mit den Schulden.

»Und Sie? Wie sieht es bei Ihnen aus? Haben Sie sich schon etwas Neues angesehen?«

Vera spürt Irmas Blick auf sich gerichtet.

»Wie gesagt, ich bin dran.« Es kann nicht schaden, wenn sie Irma von der Wohnung erzählt, die sie bekommt, sofern sie das nötige Geld bis Freitag überweist. »Ich habe eine Wohnung in Aussicht. Zentrumsnah, dennoch recht ruhig, mit Fahrstuhl, fünfter Stock, kleiner Balkon.«

»Wie haben Sie das denn geschafft?«

Die Wahrheit ist: Vera kennt einen der Makler bei der GWL, der die Wohnung gehört. Dieser Makler war Veras Klassenkollege, und sie hat ihn mal bei den Lehrern gedeckt. Als er ein Mädchen … na gut, sie ist nicht stolz darauf. Jedenfalls hat sie was gut bei dem Typen. Wobei er sehr deutlich gemacht hat: Sollte sie bis Freitag kein Geld bringen, ist die Wohnung weg. Dutzende Interessenten stehen ihm auf den Zehen, hat er durchblicken lassen, sein Chef erwartet, dass er Ende der kommenden Woche die Wohnung vermietet hat.

»Ein ehemaliger Klassenkamerad hat sich eingeschaltet. Der kennt sich in der Immobilienbranche aus«, antwortet Vera ausweichend.

»Ach, da haben Sie Glück. Also werden sich unsere Wege bald trennen. Schade.« Traurig wendet Irma den Blick ab und schaut aus dem Seitenfenster.

»Wir bleiben in Kontakt! Das ist doch selbstverständlich!«

»Natürlich, meine Liebe«, erwidert Irma, und sie sagt nicht, was Vera überdeutlich spürt. Dass es nicht dasselbe ist, in Kontakt zu bleiben, wenn man einmal den gemeinsamen Wohnort verlassen hat. Weil man nie in Kontakt bleibt. Die Entfremdung hat bereits mit dem Kündigungsschreiben begonnen. Ihnen beiden ist klar, dass diese kurze absurde Reise ein Abschied ist.

Es ist Montag, der 6. Juli, 7.30 Uhr.

5.

Sie sind in Österreich, Inntalautobahn. Vera steuert das Auto auf den Parkplatz einer Raststation. Zum ersten Mal machen sie eine größere Pause. Es ist später Nachmittag. Während der Fahrt haben sie die Sandwiches, die Irma mitgebracht hat, verzehrt, und den Kaffee aus einer bauchigen Thermoskanne getrunken.

»Sie müssen müde sein«, sagt Irma. Sie sieht selbst erschöpft aus.

»Sie auch. Sie waren lange nicht mehr so viele Stunden im Auto unterwegs, oder?« Vera parkt ein, stellt den Motor aus. Kurz ist sie versucht, die Stirn gegen das Lenkrad zu drücken, so zerschlagen fühlt sie sich.

»Ein halbes Leben, wenn Sie so wollen. Aber ich fahre ja nicht. Ich kann Sie nicht mal ablösen, ich habe keinen Führerschein.«

Vera denkt an die Wohnung und das Geld.

»Das macht doch nichts! Ich fahre wirklich gern.«

Das stimmt, sie ist mit Darius weite Strecken in die

Ferien gefahren. Damals, ohne Walter, der sich außerstande fühlte, als Darius noch ein normaler Jugendlicher war und sie sich Ferien leisten konnten. Eine Zeit, die Vera im Nachhinein wie ein verklärtes Paradies vorkommt.

Sie steigen aus. Irma muss sich kurz am Autodach festhalten. Sie sieht wirklich gerädert aus, denkt Vera. Kurz bekommt sie Panik. Was, wenn Irma schlapp macht? Einen Herzanfall hat? Solche Dinge können passieren, es ist heiß, Sommer eben, so ein Kleinwagen heizt sich auf. Selbst wenn die Klimaanlage leidlich läuft.

Sie kontrolliert, ob sie den Polo wirklich verschlossen hat, bevor sie Irma ins Rasthaus folgt. Sie gehen zur Toilette. Vera spritzt sich kaltes Wasser ins Gesicht. Eine Mutter mit zwei kleinen Kindern kämpft gegen die schlechte Laune des Nachwuchses. »Wir sind bald da«, verspricht sie den zwei quengelnden Kleinen.

Vera lächelt ihr aufmuntert zu, während sie ihr dickes Haar kämmt und wieder hochsteckt. So wird ihr im Nacken nicht zu warm. Ein paar eisgraue Strähnen haben sich schon in dem Nussbraun eingenistet, aber wenn sie sich geschickt frisiert, fallen sie kaum auf.

Sie fragt sich, ob diese Familie ein Zuhause hat. Einen Ort, den man ihr nicht wegnehmen kann. Anders als sie. Walter hatte zwischendurch den Plan, ein Haus zu bauen. Es ergab sich dann anders. Aus naheliegenden Gründen.

Irma kommt aus der Toilettenkabine, stellt sich neben Vera, wäscht sich die Hände. Vera denkt an die Reisetasche und die ziegelsteingroßen Päckchen darin. Sie denkt, was, wenn jemand spitzkriegt, welche Geldwerte sie in ihrem Kleinwagen herumfährt. So ein Polo ist sicher schnell aufgebrochen, wenn man weiß, wie es geht. Ganz viele Dinge funktionieren wahrscheinlich schnell und einfach, sofern man sie beherrscht. Vor ein paar Jahren hat Vera gelernt, Lampen anzuschließen. Eine Freundin hat ihr das beigebracht. Damit sie nicht immer einen Elektriker rufen muss. Oder ihren Sohn. Ob Darius überhaupt Lampen anschließen kann? Sie hat ihn nie gefragt. Nie um Hilfe gebeten. Weder in den kleinen noch in den großen Dingen. Sie hat ihm die Freiheit gegeben, die er einforderte, und ihn dabei verloren. Erst vor einer knappen Woche hat sie zum ersten Mal ihre Sorgen vor ihm ausgesprochen. Ungeplant, Angst und Verzweiflung sind einfach so aus ihr rausgebrochen. Er hat versprochen zu helfen. Sie war dermaßen überrascht! Er hat ein Herz, so viel steht fest.

Als die Mutter mit den nölenden Kleinen hinausgegangen ist, sagt Irma:

»Wollen Sie eigentlich auf lange Sicht allein bleiben?«

Vera stutzt.

»Entschuldigen Sie, ich wollte Ihnen nicht zu nahe treten.« Irma wird rot. »Sie sind so eine attraktive Frau und jung …«

»Haha«, macht Vera. »Gute 40.«

Irma winkt ab. »In dem Alter habe ich noch einmal so richtig aufgedreht.«

»Erst die Wohnung, das hat absolute Priorität. Sicherheit. Und mit Männern hatte ich nie sonderlich Glück.« Im grellen Licht des Waschraums an der Inntalautobahn sagt sie das ganz locker und überrascht sich selbst damit. Mag sein, dass im Endeffekt alles easy ist. Auch die Sache mit der Tüte in ihrem Auto.

»Nichts ist jemals sicher.« Nachdenklich betrachtet Irma sich im Spiegel. »Ständig ist alles in der Schwebe. Und man kann nur reagieren. Irgendwie das Beste draus machen. Denn wer will schon kapitulieren?«

Irma scheint den letzten Satz mehr an sich selbst als an Vera zu richten.

Ich kann nicht mehr zurück, denkt Vera. Ich habe das Koks in meiner Reisetasche. Ich will die Wohnung. Ich will wieder auf die Füße kommen.

Die dunklen Gedanken kriechen hervor. Was treibt Darius eigentlich? An welcher Schnittstelle hat er sie, Vera, eingespannt? Wie kommt er an solche Mengen Drogen?

Es gibt kein Zurück. Nicht mehr.

Viel länger als nötig lässt sie kaltes Wasser über ihre Hände laufen.

Es ist Montag, der 6. Juli, 15.30 Uhr.

6.

»Italia« steht in weißen Lettern auf blauem Grund, umringt von einem Kranz aus goldenen Sternen. Schon sind sie daran vorbeigebraust. Rechts und links hohe Berge. Die Leitplanken wechseln die Farbe und weisen ein rostiges Rot auf. Auf einem Bahnhof knapp neben der Autobahn rollt langsam ein Güterzug ein.

Irma lacht. »Meine Güte, wer hätte das gedacht? Wenn mir gestern Morgen jemand gesagt hätte, dass ich heute in Italien sein werde …«

Auch Vera ergreift eine stille Freude. Die alte Sehnsucht nach dem Süden, die Verheißung von Sommer, Dolce Vita, Lebensfreude, von ein paar unkomplizierten Wochen. Wie hat sie die Urlaube am Strand genossen, trotz all der stressigen Kleinigkeiten. Denkt sie jetzt. Trotz Darius und seiner ständig aufgeschlagenen Knie. Trotz des Regens, der nachts ins Zelt tropfte, sodass sie mit dem Kleinen ins Auto flüchtete, während Walter stoisch weiterschnarchte. Trotz der Sonnenbrände und

Mückenstiche, die Walter immer ganz krätzig machten. Es war einfach was anderes, denkt Vera, nicht das übliche Leben, ein klein wenig freier, vergnügter. Sofern man mit Walter vergnügt sein konnte.

Jetzt rollen sie bergab. Sofort geht es in einen Tunnel, eine enge, düstere felsige Röhre, in der Vera sich nur an den Rücklichtern des vor ihr fahrenden Wagens orientieren kann. Sie behält den Fuß auf der Bremse. Schlagartig ist der Tunnel zu Ende. Das Sonnenlicht blendet. Sie rückt die Sonnenbrille zurecht. Vorhin, als sie sich den Brennerpass hinaufgequält haben, hat sie den Eindruck gehabt, die dicken Päckchen in ihrer Reisetasche wögen viel zu schwer für ihr kleines Auto. Wahrscheinlich liegen sie nur auf meinem Gewissen, sagt sie sich nun im Stillen, der Wagen läuft wie eine Eins, Ladung hin oder her. Franzensfeste. Brixen. Weinberge. Das Harsche, Dunkelgrüne der Landschaft an der Nordseite der Alpen weicht einem milden, südlichen Flair.

»Wo werden wir übernachten?«, fragt Irma.

Vera lässt die Scheibe herunter, genießt die frische Luft, den Wind. Es ist kühl.

»Ein Stück südlich von Brixen liegt ein Campingplatz. Vor vielen Jahren, als Darius noch klein war, haben wir dort übernachtet. Auf der Durchreise an die Adria.«

Irma sagt nichts.

»Oder lieber eine Pension?« Vera wirft ihrer Nachbarin einen Blick zu. Die alte Frau wirkt ausgelaugt, die lange Fahrt, die Wärme im Wagen haben ihr mehr zugesetzt, als sie zugibt. Bisher hat Vera die Gesellschaft genossen. Jetzt wird ihr klar, was für ein Klotz am Bein Irma ist.

»Im Zelt schlafen ist wirklich in Ordnung«, sagt Irma betont fröhlich.

»Ich denke, wir suchen besser eine Pension.« Vera hat selbst das Bedürfnis nach einem richtigen Bett mit einer bequemen Matratze. Warum auch nicht? Bald wird sie genug Geld haben, sie kann sich ruhig ein paar Extraausgaben leisten. »Bestimmt finden wir was.«

Rechts und links Berge. Kirchen mit spitzen Türmen und roten Dächern. Winzige Burgen. Weinberge. Neben der Autobahn ein Fluss. Eine Gondelbahn führt direkt über die Fahrspuren, Vera sieht kleine Menschen darin sitzen. Urlauber.

Im Rückspiegel taucht seit geraumer Zeit ein schwarzer Audi auf, der sie nicht überholt. Sie hat ihn zum ersten Mal an der Mautstelle hinter der Europabrücke gesehen. Sie fährt meist Maximalgeschwindigkeit, mehr als 120 Stundenkilometer sind hier nicht erlaubt. Der dunkle Wagen bleibt hinter ihr, obwohl etliche andere PS-starke Flitzer, die Schilder missachtend, an ihr vorbeiziehen.

Bei Brixen-Süd fahren sie von der Autobahn ab. Vera zahlt den Betrag für die Autobahn bar, wie Darius ihr eingeschärft hat. Auf der Strada Statale herrscht Feierabendverkehr. Auto an Auto, viele Lkws. Etliche Touristen aus Deutschland, aus Österreich. Auf gut Glück eine Übernachtungsgelegenheit zu finden, könnte jetzt, im Hochsommer, schwierig werden.

»Kennen Sie sich noch gut hier aus?«, fragt Irma. Ihre Stimme klingt ein klein wenig unsicher. Der Abend rückt näher, sie haben kein Quartier. Auch Vera wäre froh, aus dem Auto rauszukommen, nach den vielen Stunden Fahrt.

»Manches kommt mir tatsächlich bekannt vor.« Sie unterdrückt ein Gähnen. »Wir haben zwar immer nur auf der Durchreise hier Station gemacht. Trotzdem wirkt die Landschaft nicht so fremd auf mich, wie ich gedacht hätte.«

»Wie geht es eigentlich Darius?«

Vera leckt sich über die Lippen. »Ach, ich sehe ihn selten. Er ist jung, die Welt steht ihm offen. Er interessiert sich nicht sehr für seine Mutter.« Ihr Herz klopft heftig. Darius steckt ihr die ganze Zeit im Kopf, sein unsteter Blick. Wie kommt er an solche Mengen Koks?

»Das ist normal in dem Alter, nicht wahr? Er ist etwa Anfang 20, nicht? Da ziehen die jungen Leute aus, die Welt zu erobern.«

»22.« Vera nickt zur Bestätigung. Irma hat Darius seit Jahren nicht zu Gesicht bekommen. Bestimmt würde sie erschrecken, was aus dem hübschen Jungen mit den langen seidigen Wimpern geworden ist. Sie selbst trifft ihn kaum. Er macht sich unsichtbar. Der einsame Wolf, der nur den Fährten folgt, die ihn interessieren. »Ich war früh dran. Genau 22 war ich, als ich ihn bekam. So alt wie er jetzt.«

»Heutzutage ist alles anders. Die Menschen werden später Eltern. Vielleicht ist das ganz gut? Man ist abgeklärter. Hat bessere Nerven.«

»Mag sein. Darius allerdings macht keine Anstalten, eine Familie zu gründen.«

»Das kommt schon noch«, lächelt Irma aufmunternd.

Vera ruft sich den jungen Mann mit dem strähnigen, schütteren Haar vor Augen. Den behaarten Unterarmen, dem chemischen Geruch. Dem unordentlichen Bart. Auf so einen Mann fliegt keine Frau. Höchstens eine mit der gleichen Lebensgier, die dann ungewollt von ihm schwanger wird. Vera schaudert. Sie hat keine hohe Meinung von ihrem Sohn. Obwohl er kein schlechter Kerl ist.

»Schauen wir mal«, lenkt sie ab. »Hier führt ein Wegweiser Richtung Sankt Andrä. Das liegt hoch über Brixen. Ein kleinerer Ort ist sicher besser als eine laute, heiße Stadt, was meinen Sie?« Sie setzt den Blinker.

»Warum nicht!« Träumerisch blickt Irma aus dem Fenster. »Berge, so grün wie Smaragde. Klingt pathetisch, oder?«

»Nein, finde ich gar nicht.«

»Werner war mehr der Typ, der nach Norden wollte. Wir verbrachten unsere Ferien in Dänemark, in Holland, in Norwegen. Doch ab und zu ließ er sich dazu herab, wie er sagte, nach Italien zu fahren. So nannte er das. Er meinte es scherzhaft. Er vertrug Hitze nicht gut, wissen Sie? Ich war diejenige, die gern in den Süden wollte. Deshalb fuhren wir ein paar Mal nach Südtirol.«

»Hm«, macht Vera, darauf konzentriert, den Weg aus den Industrievororten zu finden. Dann liegt Brixen mit einem Mal hinter ihnen, und über ihnen ragt die Plose auf, ein kahler, bulliger Schädel. Noch säumen Wohnhäuser und ein paar Geschäfte die Straße. Hinter dem Ortsschild gibt es keine Bebauung mehr. Sie schlängeln sich in Serpentinen den Hang hinauf, umgeben von Bäumen. Vor ihnen quält sich ein Wohnmobil mit der Steigung ab, hinter ihnen setzt ein Motorradfahrer ab und zu an, sie zu überholen, lässt es aber immer wieder sein. Unter dem Helm seiner Sozia flattern blonde Haare im Wind.

Dahinter ein schwarzer Audi.

Vera fängt an zu schwitzen.

*

In Sankt Andrä hält Vera vor einem kleinen Hotel, vor dem noch ein paar Parkplätze frei sind.

»Ich gehe rasch rein und schaue mich um«, sagt sie zu Irma. »Vielleicht haben wir Glück.«

Herrlich wäre es, hier die Ferien zu verbringen, denkt sie. Vor der Eingangstür blühen Rosen, Wein rankt an den weiß getünchten Mauern hoch, der Ausleger mit den golden unterlegten Buchstaben »Zum weißen Rössl« glänzt in der Abendsonne, die allmählich im Begriff ist, hinter den Bergen zu verschwinden. Unerwartet spürt Vera die Sehnsucht, hinaufzufahren auf so einen Berg, um in die Ferne zu blicken, so weit wie möglich. Über weiße Gipfel ins Blau der Unendlichkeit. So stellt sie sich das vor. An einen Ort zu kommen, wo alles möglich scheint. Alles hell ist, alles voller Licht.

Vera betritt das Hotel, nimmt die Sonnenbrille ab. Im Halbdunkel sieht sie einen kleinen Tresen und schlägt auf die Tischklingel.

»Einen schönen guten Abend!«, ruft eine fröhliche Stimme. Eine Tür klappt. Vera muss sich anstrengen, die zierliche junge Frau zu erkennen, die aus einer Tür tritt.

»Guten Abend. Meine Freundin und ich suchen noch zwei Zimmer.«

»Sie haben nicht reserviert? Das tut mir sehr leid, wir sind ausgebucht.«

Die Enttäuschung wiegt schwerer, als Vera gedacht hätte.

Die Frau hinter dem Tresen ist höchstens 20, dunkelhaarig, trägt ein weißes Shirt und enge Jeans. Wie frisch aus dem Ei gepellt. Auf einem kleinen Anstecker an ihrem Shirt steht »Christina Tiefenthaler«. Sie ist jünger als Darius, schießt es Vera durch den Kopf.

»Oh, tja, dann …« Sie wendet sich zum Gehen. Damit die Frau nicht sieht, wie entmutigt sie sich gerade fühlt. Für einen Moment hat sie sich in dieses kleine Hotel mit den Weinranken verliebt.

»Warten Sie! Vielleicht kann ich Ihnen helfen. Meine Großmutter hat über 30 Jahre lang eine Pension zwei Ortschaften weiter geführt. Wenn viel los ist in der Saison, macht sie manchmal noch auf. Als unsere Dépendance sozusagen. Wie lange möchten Sie bleiben?«

Überrumpelt sagt Vera: »Ach, maximal drei Übernachtungen.«

Schon greift die junge Frau nach dem Telefon, wählt und führt ein Gespräch in einem für Vera so gut wie unverständlichen Dialekt, während Vera mit klopfendem Herzen wartet. Zur Not gibt es ja noch den Campingplatz. Aber hat sie im Ernst geglaubt, mit einer über 70-jährigen Frau in einem Zelt übernachten zu können? Sie späht aus dem Fenster. Da draußen steht ihr Polo mit der schrecklichen Fracht. Irma ist ausgestiegen und vertritt sich die Beine. Jenseits der Straße fällt der Hang steil ab. Der Blick führt über das Eisacktal und bricht sich in der Ferne an neuen grünen Bergen. Der schwarze Audi ist nirgends zu sehen.

»Also, es klappt. Meine Großmutter erwartet Sie.«

Vera fährt herum, aus den Gedanken gerissen und ganz überrascht. »Wirklich?«

»Ist nicht mehr weit, eine gute Viertelstunde. Hier ist die Adresse.« Christina reicht Vera einen Zettel. »*Pension Maria*, gleich hinter dem Ortsschild links noch ein Stück den Berg hinauf. Die Zufahrt ist recht steil.«

»Danke, Sie haben uns wirklich geholfen.«

»Gern doch. Schönen Urlaub!«

Vera nimmt den Zettel mit der Adresse entgegen. Als sie aus dem Haus kommt, fallen bereits die Schatten über die Straße her.

Es ist Montag, der 6. Juli, 19.10 Uhr.

7.

Nur noch ein paar Kilometer. Die Straße wird immer schmaler. Keine Leitplanken mehr. Bei Gegenverkehr muss einer der beiden Wagen anhalten und zurückstoßen, zur nächsten Ausweichstelle. Irma umklammert den Griff über dem Fenster mit beiden Händen. Ihre Anspannung überträgt sich auf Vera, die jetzt nur noch ankommen will.

Doch es kommt kein Gegenverkehr, hier oben sind schon alle beim Abendessen, müde von einem Urlaubstag voller Besichtigungen und Bewegung in der Natur. Vera, die sich eben noch gewundert hat über Christinas simple Wegbeschreibung, muss jetzt feststellen: Verfahren kann sie sich nicht, es gibt außer Hofzufahrten keine Möglichkeiten zum Abbiegen. Da ist nur diese eine Straße, sonst nichts. Heißt auch: Es gibt keine Fluchtmöglichkeit. Weg von hier kommen sie nur über die ungesicherte schmale Straße hoch am Berg.

Sie passieren zwei kleine Weiler, die aus wenigen Bauernhöfen bestehen. Alles schmuck hergerichtet, prächtige Holzbalkons, Blumen in Rot, Weiß und Lila, weitläufige Wiesen, die mithilfe von rotierenden Wasserfontänen bewässert werden.

»Wo sind eigentlich die Kühe?«, fragt Irma, die sich allmählich entspannt, den Griff loslässt, die Hände locker in den Schoß legt.

»Auf der Hochalm wahrscheinlich.«

»Klingt plausibel. Nun wissen Sie, wer der Flachlandtiroler von uns beiden ist.«

Vera grinst. Beim Fahren genießt sie den Blick, der sich mit jedem Kilometer weitet. Fernere Gipfel recken sich über den Horizont. Man ahnt die Gewalt dieser Berge, das Majestätische, Ehrfurchtgebietende. Aber auch die stille Gleichgültigkeit. Wir Menschen können uns abzappeln, wie wir wollen, denkt Vera. Diese Berge stehen einfach da, setzen Fakten. Sie muss lächeln, weil sie die Natur vermenschlicht, wie es viele tun, die ihrer Umgebung gern so etwas zuschreiben wie einen Geist oder einen Charakter.

Sie erreichten Sankt Georg.

»Kann das sein? Dass wir über 1500 Meter hoch sind?«, fragt Irma beeindruckt.

Vera hat das Schild auch gelesen. »Die Plose ist noch mal 1000 Meter höher. Wir haben uns jetzt an ihrer Flanke entlanggepirscht.«

»Unbegreiflich. Wie lange ich so eine grandiose Landschaft nicht mehr gesehen habe! Wie konnte ich nur jahrelang in meiner Wohnung herumsitzen und meinen, der handtuchgroße Garten wäre Natur pur?« Irma schüttelt den Kopf. »Ich kann gar nicht anders als mich 1000-mal bei Ihnen zu bedanken, Frau Täling! Dass Sie mich eingeladen haben.«

»Dafür müssen Sie sich wirklich nicht bedanken!« Vera verdrängt den Gedanken an ihre problematische Beladung, denn nun muss sie sich auf die Suche nach der *Pension Maria* konzentrieren. Bei der Kirche steht ein winziger Wegweiser, dem sie folgt. Ganz am Ende des Ortes sehen sie ein kleines Haus mit umlaufenden Holzbalkonen, in den Blumenkästen blühen üppige violette Petunien. *Pension Maria* steht auf einem Schild über der niedrigen Eingangstür. Daneben ist eine Sonne gemalt, knallgelb und rund, mit dicken Strahlen.

»Ich glaube, wir haben es für heute geschafft«, sagt Vera, als sie den Motor ausschaltet.

Sie steigen beide aus, Irma tut sich schwer, sie hält sich für Momente am Dach des Polo fest. Langsam sehen sie sich um. Unter ihnen liegt der Ort Sankt Georg. Weiter weg das Eisacktal, die Sonnenstrahlen spitzen gerade noch über die Gipfel der Berge. Tief saugt Vera die frische, würzige Luft ein, erschnüffelt eine leichte Beigabe von Holzrauch. Sie legt den Kopf in den Nacken. Über ihr kreist ein Raubvogel im Abendlicht, ohne einen Flügelschlag lässt er sich von der Thermik tragen. Federleicht sieht das aus.

»Herrlich«, seufzt Irma.

»Grüß Gott!«, sagt jemand hinter ihnen. »Gefällt's den Damen hier?«

Vera fährt herum. Eine Frau undefinierbaren Alters steht in der Haustür, in einer blauen Latzhose und Gummistiefeln. Sie könnte 60 sein oder 80. Ihr graues Haar ist ganz kurz und sitzt wie eine Mütze auf ihrem Kopf. Das braun gebrannte Gesicht ist von vielen feinen Linien durchzogen. Hellblaue Augen blicken amüsiert durch eine runde Brille.

»Guten Abend. Ihre Enkelin ...«

»Ich weiß Bescheid. Die Christina hat ja angerufen. Herzlich willkommen in der *Pension Maria*. Ich bin die Maria persönlich.« Sie lacht.

»Vera Täling und Irma Seliger.«

»Und Sie brauchen zwei Einzelzimmer? Na, dann kommen S' mal rein.«

Vera öffnet den Kofferraum und hievt die Reisetasche heraus. Sie will Irma mit dem Koffer helfen, da packt Maria bereits zu. »Kommen S' mit. Sie können die Aussicht gleich vom Balkon genießen.«

»Kann ich das Auto hier stehen lassen?«

»Ist mir eigentlich lieber, wenn Sie's hinters Haus fahren. Nur damit nicht gleich jeder mitkriegt, dass ich Gäste habe, sonst rennen mir sofort die nächsten die Bude ein.«

Vera zögert kurz, als sie die Reisetasche vor der Haustür abstellt und noch einmal zum Auto geht. Der Gedanke, dass der Polo von der Straße aus nicht sichtbar sein wird, beruhigt sie irgendwie.

Maria zeigt auf einen geschotterten Weg, der hinters Haus führt. Vera fährt an, die Steinchen spritzen, sie fährt ums Haus. Hier steht ein kleiner Geländewagen, wahrscheinlich Marias. In einem Gehege flitzen aufgeregte Hühner herum. Eine Ziege kommt neugierig heran, als Vera aussteigt. Sie streckt die Hand aus und streicht über das kurze, borstige Fell. »Na, du?«

Dann fällt ihr die Reisetasche ein und dass sie noch vor der Haustür steht. Rasch läuft sie los, während die Ziege hinter ihr enttäuscht meckert, weil die Streicheleinheiten schon wieder vorbei sind.

Die Tasche steht nicht mehr da. Vera merkt selbst, wie sie blass wird, als würde alles Blut in ihre Füße sacken. Sie hält sich kurz an der Tür fest, macht dann ein paar Schritte, steht im Haus. Maria ist so patent, sie wird die Tasche mitgenommen haben in Veras Zimmer. Vera betritt das Haus. Im Halbdunkel steht sie kurz da. Direkt vor ihr führt eine schmale Treppe in den ersten Stock. Sie hört Stimmen von oben.

Rasch steigt sie die Stufen hinauf. Alles dreht sich.

Es ist okay, denkt sie. Niemand kann die Tasche in den paar Minuten geklaut haben. Nicht hier. Als sie oben ist, hört sie Stimmen. Sie geht ihnen nach und findet Irma und Maria in einem Zimmer stehend, lachend und sich prächtig unterhaltend.

»Ach, da sind Sie ja. Ihr Zimmer ist nebenan. Ich hab Ihr Gepäck reingestellt«, sagt Maria freundlich.

»Danke. Das ist sehr nett.«

Vera geht über den Flur in ihr Zimmer. Tatsache, da

steht die Tasche, vor dem Bett. Sie öffnet den Reißverschluss und tastet nach unten, nach der Tüte.

Sie ist da.

Klar. Vera lacht laut auf.

»Wunderschön, nicht wahr, Frau Täling?« Irma kommt zur Tür herein.

Vera zieht hektisch die Hand aus der Tasche. Richtet sich auf.

»Absolut. Da haben wir Glück gehabt, nicht wahr?«

Irmas Blick liegt auf ihr, mit einem gewissen Maß an Verwunderung. Womöglich bilde ich mir das nur ein, denkt Vera. Was kann Irma wissen über den Inhalt meiner Reisetasche?

»Ich habe nur mein Necessaire gesucht«, sagt sie und ärgert sich gleich darauf. Besser, sie hätte nichts gesagt, schließlich ist es ja nicht verboten, in der eigenen Tasche zu wühlen.

»Haben Sie alles dabei, was Sie brauchen?«

»Sicher. Natürlich.« Vera schiebt die Hände in die Jeans und geht auf den Balkon. »Traumhaft ist es hier.«

Sie steht ganz still da, während Irma neben sie tritt und die Hände auf das Geländer legt. Die Blüten der Petunien leuchten im Abendlicht. Über dem Eisacktal hängt blauer Dunst. Alles scheint zurückzuweichen, als wolle der Raum sich weiten, Platz schaffen. Ein leichter Wind kommt auf. Vera atmet ein paarmal tief durch.

Sie hat einen wichtigen Schritt geschafft. Sie ist nicht weit vom Übergabeort. Morgen startet der erste Versuch. Wahrscheinlich klappt der bereits. Wenn nicht, hat sie noch zwei Chancen. Sie muss nur Irma loswerden, die kann sie unmöglich mitnehmen, wenn sie die Kontaktperson trifft. Mit dem Problem hat Vera sich bisher nicht beschäftigt. Sie braucht eine glaubwürdige Erklärung, was sie vorhat, wo sie hinwill. Und warum sie unbedingt allein sein muss.

Müde reibt sie ihr Gesicht. Bestimmt wird ihr heute Nacht eine Eingebung kommen. Eine Strategie, irgendwas.

»Sehen Sie mal«, sagt Irma und zeigt über das Dorf hinweg auf den bewaldeten Hang jenseits der Ortschaft. »Können Sie erkennen, was da in der Abendsonne glänzt?«

Vera kneift die Lider zusammen. »Schwer zu sagen, vielleicht ein Wohnwagen?«

»Da hätten wir unseren Campingplatz«, lacht Irma.

»Haben die Damen Hunger?« Maria ist zu ihnen auf den Balkon getreten. »Ich habe eine Graupensuppe anzubieten mit einem feinen Salat aus dem eigenen Garten. Und dazu ein Glaserl Wein.«

»Himmlisch«, sagt Vera.

»Gibt es dort unten einen Campingplatz?«, fragt Irma und deutet in die Richtung des glänzenden Punktes im Wald.

»Ach das! Nein, nein, kein Campingplatz, das ist der Wohnwagen von einer Künstlerin aus Sankt Andrä. Ihr Vater hatte dort eine Hütte, die ist irgendwann verfallen, und daraufhin hat sie so ein amerikanisches Ding da hingestellt, einen übergroßen Wohnwagen. Um an ihren Entwürfen zu arbeiten.«

»Aha«, sagt Irma, während sie Maria bereits aus dem Zimmer folgt.

Vera denkt, dass so ein kreativer Arbeitsplatz auch recht einsam sein kann.

Es ist Montag, der 6. Juli, 20.30 Uhr.

8.

Vera wacht schon vor 6 Uhr auf. Die Helligkeit hat sie geweckt, am Abend hat sie die schweren Vorhänge nicht zugezogen. Schlaftrunken tritt sie auf den Balkon. Unter ihr, im Tal, ziehen kleine, weiße Wölkchen dahin. Sie kann sich nicht erinnern, jemals über den Wolken gewesen zu sein, außer auf Flugreisen, aber die zählen nicht. Nicht so. Sie atmet tief die morgenkalte Luft ein. Im Dorf hört man einen Hund kläffen.

Rasch zieht sie sich an. Heute ist der Tag des ersten Versuchs. Wie kann sie Irma verklickern, dass sie allein losziehen muss? Irma mitzunehmen, wenn sie die vier Päckchen übergibt … unmöglich. Was hat sie sich nur gedacht dabei, die Nachbarin zu dieser Reise aufzufordern? Vermutlich hat sie gar nicht damit gerechnet, dass Irma zusagen würde. Vera schlüpft in ihre Sneakers und schleicht aus dem Zimmer. Die Haustür unten ist nicht verschlossen. Kurz rinnt ein Schauder über ihr Rückgrat. In dieser abgelegenen Lage wird jeder jeden kennen, nimmt sie an, unnötig, zu sehr auf Sicherheit zu setzen. Sie geht die paar Schritte zur Straße, unruhig, tief drin bereits auf der Fahrt zum Treffpunkt, kehrt dann um, umrundet die Pension und bleibt neben ihrem Polo stehen. Hier ist alles gut. Die Hühner gackern in ihrem Gehege. Die Ziege trippelt herbei, reibt ihre Nase unverblümt an Veras Wade und wartet auf Streicheleinheiten. Gedankenverloren krault Vera das Fell zwischen den kleinen Hörnern. An der Scheunenwand steht ein Motorrad, halb von einer Plane verdeckt. War das gestern schon da?

Vera lässt von der Ziege ab und geht darauf zu. Empört meckernd kommt ihr die Ziege nach. Vera muss grinsen. Sie lupft die Plane.

Eine BMW K100. So ein Motorrad ist sie als Studentin gefahren, es gehörte ihrem ersten ernsthaften Freund. Die Ziege stupst ihr Knie, doch statt über Fell streicht Veras Hand nun über Chrom. Eine schwere Maschine für eine Frau, unkte der Freund damals. Gerade deshalb hat sie das Bike ins Herz geschlossen und es ihm abgekauft.

»Haben S' auch eine Schwäche für Motorräder?«

Vera fährt herum. Da steht Maria, in der Latzhose, eine Wollmütze auf dem Kopf, einen Korb in der Hand.

»Das kann man sagen«, bringt sie hervor. »Ich bin früher viel mit dem Motorrad unterwegs gewesen, mit genau diesem Modell. Als mein Sohn auf der Welt war, habe ich das Teil verkauft.«

»Schade, der Sohn wäre bestimmt auch gern damit unterwegs gewesen«, lacht Maria.

»Ist das Ihre Maschine?«

»Ja, und die ist gut in Schuss. Ich fahre aber nicht mehr. Ist mir zu riskant in meinem Alter. Ich kann mir keine gebrochenen Knochen leisten.«

Vera nickt, blickt von Maria zum Motorrad und wieder zurück.

»Möchten S' das gute Stück mal ausprobieren?« Maria stellt den Korb ab. »Können S' gern tun. Tanken werden S' müssen, ansonsten läuft sie wie eine Eins.« Die Pensionswirtin zieht mit einem Ruck die Plane weg. »Ich hole Ihnen nachher den Schlüssel. Erst gibt's Frühstück.«

Vera überschlägt rasch ihre Möglichkeiten. Das Motorrad wäre die ideale Lösung, um ohne Irma zum Treffpunkt zu fahren. Eine Spritztour nur, aus Nostalgie, wer würde das nicht einsehen?

»Sie hätten wirklich nichts dagegen?«, fragt sie, während sie über den Lenker streicht und die Ziege leise protestiert.

»Überhaupt nicht. Ist doch gut, wenn die Maschine gefahren wird. Ab und zu kommt mein Sohn, der kümmert sich drum, dass alles in Ordnung ist, und saust probeweise über ein paar Passstraßen. Außerhalb der Saison, wenn der Verkehr erträglich ist.«

Unwillkürlich sinkt Veras Hand und krault wieder die Ziege. »Auf eine Spritztour hätte ich wirklich große Lust!«

»Na, dann!«

Es ist Dienstag, 7. Juli, 6.30 Uhr.

9.

Die Maschine schnurrt. Die ersten paar Kilometer hat Vera sich sehr konzentrieren müssen, doch nun, kaum hat sie Sankt Andrä erreicht, genießt sie die Kraft des Motorrades. Die sie freilich in den Serpentinen noch zurückhalten muss, erste Ausflügler sind unterwegs, Wohnmobile, Radfahrer. Alles auf der schmalen, dem Berg abgerungenen Straße. Vor dem Gasthof, in dem Marias Enkelin Christina arbeitet, stehen zünftig gekleidete Rentner zusammen und plaudern, bewaffnet mit Rucksäcken und Wanderstöcken. Langsam rollt Vera auf dem Bike an ihnen vorbei.

Wie leicht ihre Tagesplanung abgeschlossen war! Irma hatte gar nichts dagegen, in der Pension zu bleiben. Sie sei müde von der langen Fahr gestern, behauptete sie. In Wahrheit scheint sie sich nach einem Plausch mit Maria zu sehnen, die Pensionswirtin ist tatsächlich eine vergnügte und heiter stimmende Gesprächspartnerin. Sie hat Vera eine alte Satteltasche und einen Rucksack geliehen und ein Fresspaket zurechtgemacht. »Ohne eine anständige Jause unternimmt man keine Tagestour.«

Das Wort »Tagestour« gibt den Ausschlag: Vera wird den ganzen Tag unterwegs sein. Erst die Tüte aus der Satteltasche übergeben, dann dem Vergnügen nachgehen. Wenn sie in ein paar Stunden alles hinter sich hat, wird sich diese kurze Reise tatsächlich anfühlen wie ein kleiner Urlaub.

Sie tuckert durch Brixen, folgt den blauen Schildern Richtung Bozen. In Italien sind die Autobahnschilder grün, und sie will keinesfalls Autobahn fahren. Darius' Wegbeschreibung hat sie sich auf einem Zettel notiert, den wird sie wegwerfen, sobald alles geschafft ist. Jetzt klebt der Papierfetzen ordentlich mit Tesafilm befestigt neben dem Tacho. Auf der Staatsstraße gibt Vera endlich richtig Gas. Sie spürt, wie ihr Haar, das unter dem Helm herausguckt, im Wind flattert. Ein Gefühl von Freiheit überkommt sie. Wer hätte das gedacht! Sie muss es Darius erzählen. Da hat er ihr doch glatt ein schönes Ferienerlebnis verschafft. Sie sollte ihm dankbar sein. Kann sie nicht für ein paar Stunden die ganzen Nebengedanken ausschalten? All das Grübeln darüber, woher Darius das Kokain hat? Mit welchen Leuten er sich eingelassen hat? Und wie er dazu kommt, sie, Vera, einzuspannen? Sie hat ihm von ihren Sorgen mit der Wohnung erzählt. Konnte gar nicht anders. Die Wohnung zu verlieren, hat sie aus ihrer Komfortzone katapultiert. Die Sache mit dem Job war schon schlimm genug. Aber die Wohnung … ihr Rückzugsort, ihr sicherer Fuchsbau … Den förmlich unter ihren Füßen wegbrechen zu sehen, stürzte sie in bodenlose Angst. Immerhin ist die Wohnung der Ort, den sie seit mehr als 20 Jahren ihr Zuhause nennt. Ein Ort, den ein anderer schlicht als Investitionsmöglichkeit sieht. So verschieden zeigt sich die Welt den Menschen.

Eine Freundin ist Anwältin, und die hat vorgeschlagen zu klagen. Vera allerdings wollte sich auf dieses Risiko nicht einlassen. Sie hat kein Geld übrig, um es in Streitigkeiten zu verbrennen, und die Rechtsschutzversicherung hat sie aus Sparsamkeitsgründen vor Jahren gekündigt. Es reicht eben nie, seufzt sie, als sie an einer Tankstelle hält und den Tank bis zum Rand füllt. Der entscheidende Knackpunkt ist immer das Geld. Sie hat, nachdem es mit Walter problematisch wurde, wieder einen Job gesucht. Es dauerte über ein Jahr, bis sie eine Stelle hatte, und die war befristet. Danach war sie wieder mehrere Monate arbeitslos. So ging das weiter: Mal hatte sie Arbeit, dann wieder nicht. Als Darius 16 wurde, rutschte sie durch Zufall in einen Betrieb. Und da ist sie geblieben. Bis vor Kurzem.

Vera betritt den kleinen Kassenbau und zahlt, den Helm unter dem Arm und immer ein Auge auf das Motorrad und die Satteltaschen gerichtet. Der Mann an der Kasse wünscht ihr eine gute Fahrt. Sie lächelt ihn an, bedankt sich. Setzt im Hinausgehen den Helm wieder auf.

Ob Darius' Leben eine andere Wendung genommen hätte, wenn sie, als er in dem schwierigen Alter war, mehr für ihn dagewesen wäre?

Während sie sich auf das Bike schwingt und den Motor startet, spürt sie, wie müßig diese Überlegungen sind. Natürlich kann es sein, dass er zu viel allein war. Aber sie hatte keine andere Möglichkeit. Sie musste ihn durchbringen. Und sich selbst auch. Miete zahlen, Essen, Kleidung, Klassenfahrten, Versicherungen, all das Brimborium des modernen Lebens. Nie hatte sie die Möglichkeit, ein finanzielles Polster zu schaffen, um in Notzeiten davon zu zehren. Das Geld ging rein und gleich wieder raus. Und dann war da die große Leere, die Walter hinterlassen hatte, die seelische Pein. Schuldgefühle und die Furcht, nie zu genügen. Nie genügt zu haben.

Sie reiht sich in den Verkehr auf der Staatsstraße ein. Mittlerweile fährt Auto an Auto, Lkw an Lkw. Auch ein paar Biker sind dabei. Die Einheimischen wagen ab und zu ein Überholmanöver, wenn ihnen das Tempo gar zu träge wird. Vera dagegen hat genug Zeit eingeplant. Direkt neben der Straße führt die Autobahn entlang. Auch dort herrscht viel Verkehr. Hochsommer. Tourismussaison. Und die Fracht muss auch an Ort und Stelle geliefert werden. Ein Brummi nach dem anderen donnert nach Süden. Die Brennerautobahn ist die Versorgungsader zwischen Nord und Süd.

Kurz hinter Klausen muss Vera abbiegen, den Berg hinauf. Konzentriert liest sie die Schilder und fährt schließlich ab, durch einen Tunnel, danach steil bergan, wieder in Serpentinen, die haarnadelartig aufeinander folgen. Dabei merkt sie, dass ihr auf dem Motorrad die

Übung fehlt. Früher hätte sie solche Kurven viel lockerer genommen. Im Rückspiegel sieht sie, wie ein Porsche eng auffährt. Depp, denkt sie. Dass der Sportwagen wegen des dichten Gegenverkehrs nicht überholen kann, bereitet ihr eine dumpfe Freude.

Sie landet in einem kleinen Ort mit einem erstaunlich schiefen Kirchturm. Der Beschreibung folgend gerät sie wieder auf eine steile Straße, die schließlich, nach einigen Kurven, schnurgerade am Berg entlangläuft, so schmal, dass Gegenverkehr erneut zum Problem wird. Dem Porsche ist es gleichgültig, der zieht endlich an Vera vorbei. Sie wagt, mehr Gas zu geben, genießt das Tempo. Die K100 ist wendiger, als sie es in Erinnerung hatte, geradezu ein ideales Fortbewegungsmittel in den Haarnadelkurven. Sie kommt durch mehrere Ortschaften, an Obstplantagen vorbei, an Weinbergen. Dann wird die Landschaft mit einem Mal wieder sehr nordeuropäisch. Dichter Fichtenwald umschließt sie. Trotz der warmen Jacke fröstelt Vera.

Sie ist allein auf der Straße, niemand kommt entgegen, niemand folgt. Der Lieferverkehr wird hier anscheinend morgens abgewickelt, und auch die Touristen sind längst auf den Wanderwegen oder in der Bergbahn. Vera hält in einer Parkbucht, zieht die Wasserflasche heraus und trinkt durstig. Die Arme tun ihr weh. Das alles ist ungewohnt. Die Höhe, die Luft, das Motorrad. Das Treffen, das ihr bevorsteht. Sie ist nervös, ihr Herz hämmert, sie schwitzt, zugleich ist ihr kalt.

Ich muss das jetzt schaffen, denkt sie. Ich schaffe es auch. Es bleibt mir keine andere Chance. Ich brauche diese Wohnung.

Sie konzentriert sich ganz auf das Geld, das sie am Freitag der Wohnungsgesellschaft überweisen wird. Eine Summe, die sie jetzt noch nicht hat. Die sie bald in Händen halten wird. Sie tut, was Darius ausgeklügelt hat, und sie verlässt sich auf sein Wort. Sie bekommt das Geld. Sobald das geklappt hat, wird alles gut.

Es ist Dienstag, 7. Juli, 9.30 Uhr.

10.

Der Treffpunkt ist ein Parkplatz hoch am Berg. Die letzten Kilometer tastet sich Vera mit dem Bike über einen Schotterweg. Sie kommt an einer Schutzhütte vorbei und fährt im Schritttempo weiter, bis hinter dem nächsten Wiesenbuckel der Weg abrupt endet. Sie wendet das Motorrad und steigt ab, nimmt den Helm runter. Der Blick über das Eisacktal hinweg ist atemberaubend. In der Ferne ragen die Gipfel der Dolomiten in den stahlblauen Himmel. Einige schneebedeckt. Die Luft ist kühl und riecht nach Latschenkiefer. Die niedrigen Nadelbäume wachsen am Hang, zwischen Steinen und einer magentafarbenen Pflanze, die aussieht wie die Azaleen, die im Supermarkt manchmal an der Kasse stehen, das Angebot für den schnellen Pflanzenkaufentschluss. Vera atmet tief durch.

Warum hier?

Die Gegend ist einsam. Kein Wanderer zu sehen, nicht mal ein Mountainbiker, von denen sie in der letzten Stunde einige überholt hat. Wahrscheinlich ist das der Punkt. Niemand wird hier Zeuge einer Übergabe.

Sie geht ein paar Schritte, streckt sich. Aus dem Rucksack nimmt sie Marias Fresspaket. Ein Käsebrot, ein Wurstbrot, beides mit Gurken, eine wunderbare Erinnerung an Schulausflüge. Vera lächelt, als sie in das Wurstbrot beißt. So hat sie es immer gehalten, in einem anderen Leben, früher: erst Wurst, dann Käse.

Das erste Sandwich ist schnell verzehrt. Sie beschließt, das Käsebrot aufzuheben für später, schließlich steht ihr eine lange Rückfahrt bevor. Sie nimmt einen Schluck aus der Wasserflasche. Ein Blick auf die Uhr: Sie hat noch Zeit. Mehr als eine halbe Stunde. Es wäre schön, jetzt eine kleine Wanderung zu machen. Nur noch ein Stück höher zu steigen, bis zu dem Punkt, wo der Latschenbewuchs aufhört. Aber sie kann das Motorrad nicht stehen lassen, nicht mit dem, was in der Satteltasche auf Abholung wartet. Also geht sie nur ein bisschen auf und ab, saugt die Luft in ihre Lungen, stellt sich vor, wie sie all die Verunreinigungen eines Stadtlebens ausatmet, sich erneuert, Energie auftankt.

Dieser herrliche Ort kann sie nicht darüber hinwegtäuschen, dass sie Angst hat. Sie weiß nicht, wer sich hier heraufschwingen wird, um den Stoff zu übernehmen. Wie kann Darius das alles nur organisieren?

Natürlich kann Darius das nicht. Er ist ein Rädchen in einem Getriebe. Einer, der an einer entscheidenden Schnittstelle angekommen ist. Der Aufträge an Kuriere vergibt. Zum Beispiel an Vera.

Sie zieht die Jacke aus. Eine heiße, stinkende Angst kriecht aus ihrem Innern. Ihr Kopf brummt. Die Luft ist zu dünn, denkt sie, deshalb tut mir der Kopf weh. Sie weiß, dass das Bullshit ist. Mag die Luft dünn sein: Sie kriegt Muffensausen, das ist der Grund für das plötzliche Unwohlsein. Sie geht auf und ab. In der Ferne hört sie das Knattern eines Hubschraubers, hält angestrengt Ausschau. Er fliegt tief im Tal, unter ihr, vor einer Wand aus Grün.

Dann ist es wieder still. Irgendwo ruft ein Kuckuck. Vera legt den Kopf in den Nacken.

Ich sollte das nicht tun, schießt es ihr durch den Kopf.

Ich brauche das Geld, hallt das Echo einer Antwort.

Kuckuck.

Sie dreht sich einmal um die eigene Achse. Der Ruf des Vogels kommt näher. Tatsächlich sieht sie einen grauen Vogel, der es sich auf einer Latsche bequem gemacht hat, der die Flügel ausbreitet, *Kuckuck*, der zur nächsten Latsche fliegt.

Wenn ich das hier nicht über die Bühne bringe, bin ich bald obdachlos. Es geht nur um dieses eine Mal.

Sie murmelt den letzten Satz halblaut vor sich hin. Der Kuckuck zeigt sich unbeeindruckt. Er ist größer, als sie erwartet hat. *Kuckuck.*

Noch bevor Darius 18 wurde, schloss er sich einer Gang an. Vera erinnert sich an Wochen, in denen er nicht heimkam. Wochen, in denen sie versuchte, seinen Lehrherrn zu beruhigen, ihm Versprechungen zu machen, bis die Firma Darius rauswarf. Sie hatte für den Ausbildungsplatz gekämpft. Darius war die Stelle egal gewesen, längst hatte er sich anderen Zielen verschrieben. Sie hat nächtelang gehadert, sich geweigert, ihren Sohn aufzugeben. Nur die drei Jahre, hat sie ihn beschworen, wenn er mal nicht durch Abwesenheit glänzte. Halte nur die drei Jahre durch, schließ deine Ausbildung ab, dann hast du was in der Hand. Doch die Geduld selbst des zugewandtesten und verständnisvollsten Chefs hat irgendwann ein Ende.

Darius flog raus. Es interessierte ihn nicht. Er war mit neuen Freunden beschäftigt, einem neuen sozialen Umfeld. Sogar mit einem neuen Namen. Er nannte sich Kano, warum auch immer. Bestand darauf, auch von ihr so angeredet zu werden. Wenn er mal in ihrer Nähe war, sodass sie die Chance bekam, ihn anzusprechen. Sie fragte sich oft, ob es pädagogisch sinnvoll wäre, darauf einzugehen. Zweimal kam die Polizei ins Haus. Es ging um Ladendiebstahl. Vera blieb nur die Demütigung zuzugeben, dass sie nicht wusste, wo ihr Sohn sich aufhielt. Es hat Nächte gegeben, in denen sie seinen 18. Geburtstag regelrecht herbeisehnte. Nein, ihr Familienleben ist nie besonders rosig gewesen. Die Schwierigkeiten haben viel früher begonnen. Walter hatte von all dem keine Ahnung, keine Vorstellung, keinen Plan.

Vera setzt sich vorsichtig auf einen Stein, streckt die Beine aus. Jetzt ist ihr kalt, sie zieht die Jacke wieder an. Das Kopfbrummen ist weg. Der Kuckuck auch. Weggeflogen, ohne dass sie es bemerkt hätte.

Es ist Montag, der 7. Juli, 12 Uhr.

11.

Sie hört das Knattern eines Motors.

Ein Bike.

Gleich muss es um die Ecke kommen. Vera setzt den Helm auf.

Ihr Mund ist ganz trocken. Ein Motorrad rollt den schmalen Weg entlang. Hinter dem Fahrer, hinter dessen schwarzem Visier sie kein Gesicht erkennen kann, sitzt noch einer.

Auch Vera schließt das Visier ihres Helms.

Die Maschine wendet geschickt, der Fahrer weiß mit den Verhältnissen am Berg umzugehen. Er bremst, Schotter spritzt. Vera starrt die beiden Männer an. Schwarz gekleidet, schwarze Helme, schwarze Visiere. Keiner sagt ein Wort. Dann hört sie den Fahrer sagen:

»Wo ist das Schwein?«

»Was?«

»Wo ist das Schwein.«

»Welches Schwein?« Perplex steht Vera da. Unwillkürlich fasst sie den Lenker des Bikes.

»Kano«, sagt der zweite.

Vera startet den Motor und lässt ihn im Leerlauf brummen.

»Wer seid ihr?«, fragt sie gegen den satten Sound von zwei Motorrädern.

»Du verrätst uns jetzt, wo Kano steckt.«

»Und reichst bei der Gelegenheit den Stoff weiter.«

Vera bückt sich, um die Satteltasche zu öffnen. Das hier läuft aus dem Ruder. Sie suchen Darius. Und bestimmt nicht, um mit ihm auf ein Bier zu gehen.

»Ich weiß es nicht.«

Er hat sich von mir entfernt, er führt sein eigenes Leben, ich bin nur aus Not in seinem Leben drin, nur wegen Geld. Das will sie sagen, sagt es vielleicht sogar, ist sich nicht sicher, ob sie nur denkt oder spricht. Sie nestelt an der Satteltasche. Umfasst die schwere Tüte, hebt sie hoch.

Der Beifahrer macht eine Bewegung, greift in seine Jacke, die er eben noch bis zum Hals verschlossen hatte. Er zieht etwas raus. Etwas Schwarzes.

Die Tüte gleitet zurück in die Satteltasche. Vera springt auf das Bike, gibt Gas. Auf dem Schotter gerät sie ins Schleudern. Aus den Augenwinkeln sieht sie etwas Buntes den Hang hinunterschießen, direkt auf sich zu. Mountainbiker. Ein ganzer Trupp, mindestens ein Dutzend. Sie rufen: »Vorsicht!«, schon ist der erste an ihr vorbeigeschwirrt, es folgt ein Hornissenschwarm mit irrem Abwärtstempo. Vera gibt dem Motorrad die Sporen, es schießt vorwärts, einer der Radler bremst, bevor er mit ihr kollidieren kann, und knallt hin, auf den Schotter, sie hört seinen Schrei, egal, sie fährt. Das andere Motorrad ist hinter ihr, kommt aber nicht so schnell weg, der gestürzte Radfahrer rappelt sich auf, seine Freunde blockieren den Weg.

Vera schießt bereits um den Wiesenbuckel, vor ihr liegt die Schutzhütte, ein paar Wanderer sitzen im Schatten, trinken aus ihren Flaschen. Vera jagt vorbei, den Weg zurück, den sie gekommen ist, nimmt die erste Haarnadelkurve. Sie riskiert einen Blick den Berg hinauf, da oben ist das andere Motorrad. In der Hand des einen Mannes blitzt etwas.

Ihr Motor heult auf. Alles geschieht von selbst. Sie lenkt, beschleunigt, rauscht die schmale Straße hinab, verfolgt von der Angst, verfolgt von zwei Typen auf einem Bike. Etwas spritzt vor ihr auf der Straße auf. Sie prügelt das Motorrad vorwärts. Sie denkt nicht, alles steht auf Autopilot. Die Geschwindigkeit, ihr Puls, die Panik, der Motor.

Sie hört etwas knallen.

Es ist Montag, der 7. Juli, 12.45 Uhr.

12.

Sie sind ihr auf den Fersen, bis sie die breitere Staatsstraße unten im Tal erreicht. Mit einem halsbrecherischen Manöver setzt Vera das Bike zwischen zwei Lkws. Einer drückt empört auf die Hupe. Vera dröhnt der Kopf. Sie verstellt den Rückspiegel. Da sind ihre Verfolger, sie bleiben dran, unauffällig beinahe, wenn man nicht weiß, dass der Sozius bewaffnet ist.

Vera fährt nach Norden. Sie muss von dieser Straße weg, hier wird sie sich nie unsichtbar machen können. Irgendein Ablenkungsmanöver starten und dann das andere Motorrad vorbeifahren lassen. Immer wieder checkt sie den Spiegel. Die werden sie nicht auf offener Straße liquidieren. Oder doch? Entsetzt wird Vera klar, dass sie keine Ahnung hat, in was sie da hineingeraten ist. Warum haben die nicht den Stoff genommen? Und sie in Ruhe gelassen? Braucht Darius immer neue Kuriere, weil die bisherigen die Übergabe nicht überleben? Oder wollen sie sich an Darius rächen? Wofür?

Wie konnte Darius seine Mutter in diese Falle laufen lassen? Ihr ist heiß in der gleißenden Sonne, trotz des Fahrtwinds. Schweiß rinnt ihr übers Gesicht, sie öffnet das Visier ein Stück.

Alles läuft auf die Frage zu, woher Darius den Stoff hat. Vera atmet tief durch. Sie hat noch genug Benzin, das Motorrad ist ihr vertraut. Sie kann das schaffen. Sie wird die Typen abschütteln. Auf einer längeren schnurgeraden Strecke überholt sie den Lkw vor sich. Das Motorrad kommt nach. Sie lassen keinen größeren Abstand zu. Verzweifelt starrt Vera auf das graue Asphaltband vor sich. Plötzlich bremsen die Autos vor ihr. Reihenweise leuchten die Bremslichter auf. Vorsichtig schlängelt sich Vera an ihnen vorbei. Im Spiegel verfolgt sie, wie auch die beiden Gangster die Mittellinie entlangfahren. Das Stop-and-go verlangsamt sich immer mehr. Dann erkennt Vera den Grund: Auf der Straße tuckern Traktoren entlang, Oldtimer, altertümliche Schlachtrösser mit dicken, nach oben gerichteten Auspuffrohren, aus denen dunkler Qualm aufsteigt. Fast muss Vera lachen. Es gibt tatsächlich Freaks, die sich einen Spaß daraus machen, mit diesen klapprigen Gefährten auf Treck zu gehen. Sogar in einer Kolonne. Einer der Bulldogfahrer hat ein Schild an seinem Fahrzeug befestigt: »Traktorenklub Klausen«.

Vera gibt Gas. Schnellt voran, überholt mit heulendem Motor die Traktoren und setzt sich an die Spitze. Ein entgegenkommender Pkw muss eine Notbremsung hinlegen, den Stinkefinger des Fahrers nimmt sie gerade noch wahr. Hinter ihm stauen sich nun auch die Fahrzeuge. Das Verfolgerbike ist für Augenblicke außer Sicht. Am Kreisverkehr biegt Vera zur Autobahn ab. Fädelt sich Richtung Innsbruck ein. Auch hier viele Trucks, sie kann sich in deren Schatten durch die Mautstelle tasten. Zieht ein Ticket. Wenn sie Glück hat, was ausnahmsweise mal der Fall sein könnte, haben die Typen nicht gemerkt, dass sie nicht mehr auf der Staatsstraße ist. Wenn sie Pech hat …

Vera gibt Vollgas. Sie rast mit Höchstgeschwindigkeit über die Autobahn, die Schilder fliegen an ihr vorbei. Ein Strafzettel wegen überhöhter Geschwindigkeit kann ihr diesmal völlig egal sein. Außerdem würde der dann Maria zugestellt. Vera nimmt sich vor, der Pensionswirtin einen ordentlichen Zuschlag zum Zimmerpreis zu zahlen. Als die erste Raststation in Sicht kommt, fährt sie raus und lenkt das Motorrad hinter die provisorisch aufgestellten Toilettenhäuser.

Es ist Montag, der 7. Juli, 13.30 Uhr.

13.

An der Raststätte wird gebaut. Zusammen mit den Wohnmobilen, Campingbussen, Lastern und unzähligen Pkws ist das die perfekte Möglichkeit, sich unsichtbar zu machen. Vera nimmt den Helm ab, schlingt das Haar zu einem Pferdeschwanz, setzt die Sonnenbrille auf. Sie lässt das Bike stehen und geht ein paar Schritte, sinkt auf eine Picknickbank in den Schatten. Beobachtet die Autobahn. Autostrada del Brennero. Der Schlager von der *Strada del Sole* fällt ihr ein. Sie und Walter haben lauthals gesungen damals, auf ihrer Reise. Dennoch schlief Darius auf der Rückbank tief und fest. Zeiten, die sie aus heutiger Sicht als glücklich bezeichnen könnte.

Ihr wird immer klarer: Die Typen verfolgen sie, weil sie den Stoff wollen. Sie werden nicht ablassen, bis sie bekommen, was sie haben wollen. Und sie werden nicht zögern, Vera zu töten. Was ist schiefgegangen, irgendwo im Knäuel des Drogenbusiness, in dem Darius mitmischt?

Vera hat längst aufgehört, Walter Vorhaltungen zu machen, aber dies ist so ein Moment, wo sie in Versuchung ist, ihm die Schuld zuzuschieben. Obwohl er nicht mehr da ist. Doch er hatte nicht die gleiche Verantwortung wie sie. Ihn trifft keine Schuld, denkt Vera, so ist es eben. Man kann einen wie ihn nicht verurteilen für das, was er nicht zu tun imstande war. Wobei es eine Erleichterung wäre, wenigstens für ein paar Augenblicke die Gefühle von Wut und Groll, die in ihr köcheln, von der Leine zu lassen. Ihr Sohn, ein Dealer. Vera weiß genug über Kokain und seine Wirkung, um zu ahnen, wie viele Menschen an dem weißen Zeug in ihrer Satteltasche zugrunde gehen werden. In psychische Abhängigkeit geraten, die sich schnell aufbaut. Diese Leute, gut situierte Typen aus dem Jetset, werden sich Linie um Linie ziehen, um in der Leere ihres Daseins einen Kick zu erleben. Ihr Blutdruck wird steigen, sie werden nächtelang durchmachen, enthemmt, mit dem Gefühl, alles zu können, alles zu schaffen. Euphorisiert werden sie durch ihr halluzinatorisches Universum tingeln, bis die Wirkung der Droge verblasst und sie deprimiert in die Realität zurückkehren. Um erneut so schnell wie möglich den Ritt auf dem Wolkenkarussell zu wagen.

Sie könnte zur Polizei gehen, den Stoff abgeben und alles gestehen. Sogar hier, in Italien. Mit der Geschichte so schnell wie möglich abschließen. Wenn sie sie in den Knast stecken, hat sie wenigstens ein Obdach.

Vera trinkt den Rest aus ihrer Wasserflasche. Sie hat brennenden Durst, wagt jedoch nicht, das Bike stehenzulassen, um in der Raststätte etwas zu kaufen. Sie sitzt da, starrt auf die Satteltasche. Lange. Vielleicht eine halbe Stunde, vielleicht mehrere Stunden. Das Zeitgefühl kommt ihr abhanden.

Sie wird sich stellen. Nur nicht jetzt gleich. Erst wird sie Irma abholen. Ihre Nachbarin kann sie nicht im Stich lassen. Sobald sie zu Hause sind, wird Vera zur Polizei gehen und alles gestehen. Sollen sie Darius kaltstellen. Etwas anderes hat er nicht verdient. Im Augenblick ist ihr das Wohl ihres Sohnes völlig egal.

Ein Brummen wie von einem Hornissenschwarm wird immer lauter. Dann heulen Motoren auf. Eine schwere Maschine nach der anderen rauscht auf die Raststätte zu. Mindestens ein Dutzend Easy Rider sammeln sich, nehmen die Helme ab, diskutieren. Bocken ihre Motorräder auf. Einige schlendern Richtung Toilette. Ein paar betreten den kleinen Supermarkt an der Raststätte. Vera konzentriert sich. Vielleicht hat sie tatsächlich eine Chance, ihren Verfolgern zu entkommen. Fürs Erste.

Es ist Montag, der 7. Juli, 15 Uhr.

14.

Im Schutz der Biker rollt Vera über die Autobahn. Für ihre Verfolger wird es unmöglich sein, sie in diesem Pulk zu erkennen. Sie hat den Stoff. Eine Riesensumme in einer internationalen Währung. Die werden die Typen nicht verloren geben, doch sie hat vor, es ihnen so schwer wie möglich zu machen.

In Vahrn fahren die Biker ab, Vera schließt sich an. Nach dem simplen Geradeaus auf der Autobahn muss sie sich nun wieder auf die Steigungen und die Kurven konzentrieren. Zunächst folgt sie der Gruppe. Doch deren Weg führt sie zu weit weg von ihrem Quartier und von Irma. Schweren Herzens biegt sie in Natz ab, während die anderen weiter nach Osten ziehen. Einer winkt ihr zu, als sie den Blinker setzt. Unter Motorradbegeisterten findet man schnell Anschluss. Vera rollt von Natz aus wieder hinunter nach Brixen. Für die umwerfenden Ausblicke hat sie keine Nerven mehr. Sie hat Angst, eine Angst, die in ihrem Magen sitzt, die sie nicht loswird.

Als sie sich auf der anderen Seite der Stadt wieder die Serpentinen hinaufarbeitet, sieht sie schwere Wolken heranziehen, wie aus dem Nichts. Donner grollt, nicht allzu weit entfernt. Sie gibt so viel Gas wie möglich, bremst vor den Haarnadelkurven und beschleunigt auf den kurzen geraden Abschnitten. In Sankt Andrä läuten die Kirchenglocken. 17 Uhr. Viele Fahrzeuge sind unterwegs, die Tagesausflügler streben zurück in ihre Unterkünfte. Der Lieferwagen einer Brauerei steht direkt an der Straße, der Fahrer lädt Getränkekästen aus. Vorne in der Kurve liegt der kleine Gasthof, an dem Vera gestern nach einem Quartier gefragt hat. Zwei Wagen der Carabinieri stehen davor und ein ziviler Wagen mit Blaulicht.

Vera wird langsamer, öffnet das Visier ihres Helms. Wieder grollt Donner, und die Wolken ziehen sich zusammen, als wollten sie den Ort verschlucken. Nebelfetzen fliegen an der Tür des Hotels vorbei. Nun sieht sie auch das rot-weiße Flatterband. Zwei Männer fahren eine Bahre heraus, auf der etwas liegt, was von einer Plastikfolie verhüllt ist. Vera hält an. Hinter ihr hupt wütend ein Pkw, bevor er an ihr vorbeischießt. Vera achtet nicht auf ihn. Sie starrt nur auf die beiden Männer und die Bahre. Ein Leichenwagen rollt auf die Männer zu. Keine Minute dauert es, bis sie im Inneren des Wagens verstaut ist. Einer der Männer spuckt aus, als er auf die Beifahrertür zugeht. Vera schließt das Visier und braust los.

Sie lässt das Bike durch die Kurven tänzeln, taucht in Wolken ein, bricht wieder aus ihnen hervor. Manchmal fällt ihr Blick auf ein Stück blauen Himmel, auf brodelndes Weiß und Grau, Violett und Gelb, ein farbiges Wolkenballett. In ihrem Kopf schallt die Musik dazu, ein Donnern und Brausen, sie jagt über die schmale Straße, wie von Geisterhand sind die anderen Autos verschwunden, sie ist allein, rechts fällt der Hang steil ab, doch was sich unter ihr befindet, sieht sie nicht, da treibt nur graue Watte.

Die ersten Regentropfen fallen. Klatschen brutal auf Veras Helm, auf die Jacke. Sie achtet nicht darauf. Als sie das Ortsschild von Sankt Georg passiert und abbiegt zur *Pension Maria*, hört sie ihr Herz in den Ohren hämmern. Sie stellt die schwere Maschine hinter dem Haus ab. Der Polo hockt ganz schief auf der Grasnarbe. Als sie genauer hinsieht, bemerkt sie: Die Reifen sind zerstochen. Veras Arme zittern. Sie steigt vom Motorrad. Läuft ums Haus, auf die Eingangstür zu, stößt sie auf, nicht verschlossen. Ein süßer Geruch liegt in der Luft.

»Irma?« Sie rennt die Treppen hinauf. »Maria?«

Keine Antwort. Das Haus schweigt.

»Irma?« Vera reißt die Tür auf.

Irmas Zimmer ist leer. Auch das kleine Bad. Sie stürmt zu ihrem. Ihre Reisetasche wurde durchwühlt, das Bettzeug weggerissen, die Matratze zerschlitzt. Im Bad liegen ihre wenigen Sachen auf dem Boden und in der Duschwanne. Panik schnürt ihr den Atem ab, als sie wieder hinunterrennt und nach Maria ruft.

»Maria?«

Maria liegt in der Küche. Grau im Gesicht. Regungslos. Ein wenig Blut ist aus ihrem Mund gesickert.

»Maria?«

Überlaut hört Vera den Regen aufs Haus prasseln.

Sie hält ihre Hand vor Marias Mund. Die alte Frau atmet. Ganz sacht, aber sie atmet.

Vera tastet nach ihrem Handy. Lässt die Hand wieder sinken.

Nicht das Handy. Mach dich nicht angreifbar!

Auf der Anrichte stehen Waffeln. Es riecht nach Vanille in der Küche und nach Urin. Marias Latzhose ist im Schritt ganz dunkel. Kaum merklich hebt und senkt sich ihr Brustkorb. Neben den Waffeln liegt das Telefon. Vera schnappt es sich, wählt den Notruf. Nennt Marias Adresse. Legt auf. Greift nach den Waffeln. Rennt hinaus. An der Garderobe hängen eine dicke Strickjacke und ein Wollschal. Im Vorbeilaufen stopft sie alles in den Rucksack. Da steht das Bike, im Wolkennebel. Sie lässt den Motor an.

Startet.

Zurück nach Brixen will sie nicht. Sie fährt weiter nach Osten, bis Sankt Martin in Thruns. Dort wendet sie sich nach rechts, nach Süden, trunken von den Serpentinen, dem Regen, der nun in Schnüren herabfällt, sie durchnässt, sie die Kälte der Dolomiten fühlen lässt. Rechts von ihr recken sich die Felsen der Sellagruppe in den grauen Himmel. Schlagartig hört der Regen auf. Sie öffnet das Visier des Helms und saugt tief die kalte Luft ein.

Es ist Montag, der 7. Juli, 19 Uhr.

15.

Behutsam tastet sich das Motorrad den Pordoipass hinauf.

Es wird dunkel, nur die Gipfel liegen noch im Abendlicht. Jetzt, da die Wolken wegziehen, leuchten sie orangerot und pink, unwirklich, als seien sie sehr fern, dabei fährt Vera genau zwischen diesen Felsen entlang, ein winziges Wesen in einer atemberaubenden Landschaft. Sie hat vorhin noch getankt und Wasser gekauft, bar bezahlt. Dabei nach dem Prepaidhandy gefühlt, mit dem sie Darius erreichen kann. Wenn alles erledigt ist. Aber nichts ist erledigt. Nichts hat funktioniert. Die Aktion ist außer Kontrolle geraten. Dieser eine gespenstische Termin während einer eingebildeten Kurzurlaubsfahrt ist schiefgegangen, implodiert.

Die Typen wollen den Stoff an sich bringen und Vera liquidieren. Doch weshalb? Warum können die nicht einfach mit dem Koks abhauen? Ihr will nicht in den Kopf, in was sie da hineingeraten ist.

Wo ist Irma? Haben sie sie umgebracht, irgendwo im Haus, an einer Stelle, wo Vera in ihrer Panik nicht nachgesehen hat? Oder haben sie sie in ein Auto gezerrt und unterwegs beseitigt? Die Gelegenheit, einen Menschen in einer Felsspalte verschwinden zu lassen, bietet sich hier quasi an jeder Ecke. Doch noch eine andere Möglichkeit gibt es, die Vera eine wirre Hoffnung in den Kopf setzt: Womöglich hat Irma einen Spaziergang gemacht und die Schlächter verpasst. Ist genau wie Vera bei ihrer Rückkehr über Maria gestolpert, die graugesichtige, blutleere Maria in der Küche. Ist davongelaufen, getürmt, abgehauen. Irrt im Schock umher.

Warum hat es Maria getroffen? Wen haben sie aus dem Hotel in Sankt Andrä getragen? Tot? Warum war die Polizei dort?

Wer auch immer in der Pension gewütet hat – diese Gangster waren so clever, die Reifen von Veras Polo zu durchstechen. Das alles geht gegen sie. Sie selbst, Vera, ist das Ziel.

Sie kann sich keine neuen Reifen leisten, schießt ihr durch den Kopf. Aber darauf wird es jetzt nicht mehr ankommen.

Die Straße schlängelt sich durch dichten Nadelwald. Von den Bäumen tropft es. Vor Vera liegt eine scharfe Kurve, die sich eng an die Felswand der Sella drängt. Das Massiv ragt über ihr auf, bedrohlich, riesig, dunkel, nur hoch oben scheint das Gestein richtiggehend zu leuchten. Nun bleibt die Strecke für eine Weile schnurgerade. Vera kommt an einem Gasthof vorbei. Auf dem

Parkplatz stehen etliche Motorräder und auch ein paar Pkws. Sie fühlt sich schwach vor Hunger, wagt trotzdem nicht, zu halten und hineinzugehen. Die Angst und das Grauen treiben sie weiter, der Puls, der sich nicht beruhigen will: Bring Abstand zwischen dich und wen auch immer.

Die Nacht überstehen und überlegen, was zu tun ist. Zur Polizei gehen. Dann eben hier, in Italien. Vielleicht morgen. Heute Nacht kann sie nicht mehr klar denken. Und sie will nicht in den Knast.

Es ist kalt hier oben, sie hat die 2000-Meter-Marke bereits geknackt. Schilder weisen auf Schutzhütten, unter ihr glimmt hie und da ein Licht auf. Menschensignale in einer unwirtlichen, mittlerweile baumlosen Gegend. Nur Fels und Gras. Vera passiert die höchste Stelle des Passes, die Straße neigt sich wieder. Knapp unterhalb der nächsten Kehre liegt eine baufällige Hütte. Vera hält dahinter an. Stellt den Motor aus, nimmt den Helm ab. Im Westen hängt ein orangeroter Sonnenball knapp über den Gipfeln und bescheint die Dolomitenfelsen hinter ihr. Sie stellt sich vor, wie in den Hotels die Gäste beim Sundowner sitzen und auf ihre, Veras Seite hinüberblicken, begeistert vom Alpenglühen, von der Farbenpracht. Wie Handys klicken und Fotos auf Instagram hochgeladen werden. Wie Gläser klirren und Leute von ihrem Urlaub schwärmen.

Ihr ist kalt. Der Wind pfeift. Ihre Jacke ist nass, die Feuchte liegt ihr auf der Haut. Sie schiebt das Bike zur Rückseite der Hütte, damit es von der Straße aus nicht sofort zu sehen ist. Greift in eine Pfütze, schmiert Matsch und Erde auf das Nummernschild. Schon wird es dämmrig, sie muss sich beeilen. Kurz betrachtet sie die Rückwand der Hütte. Holz, teils morsch, ein dickes Vorhängeschloss an der Tür.

Kein guter Ort.

Sie wuchtet das Kokain aus der Satteltasche und verlädt es in den Rucksack. Dabei findet sie das zerdrückte Käsebrot, das von Marias Jause noch übrig ist, und schlingt es herunter. Den Helm versteckt sie unter einer steinernen Bank an der Seite der Hütte. Dort prangt der verblasste Schriftzug »Rifugio«. Schutzhütte. Daneben hat jemand in den Putz geritzt: »2100 m«.

Vera wendet sich ab. Wer würde hier nächtigen, wenn mehrere Hotels entlang der Passstraße mit gemütlichen Zimmern und hell erleuchteten Restaurants warten? Offizielle Unterkünfte kommen für sie allerdings nicht infrage.

Auf sie wartet nichts dergleichen. Die Nacht und die Berge erscheinen ihr sicherer. Hier oben wird man sie nicht suchen. Sie macht sich auf den Weg. Folgt der Wegmarkierung Richtung Plattkofel. Darunter ein Hinweis auf eine weitere Schutzhütte. Vera zieht Marias Strickjacke unter ihre Jacke und wickelt sich den Wollschal um den Hals.

Es ist Montag, der 7. Juli, 21 Uhr.

16.

Längst ist die Sonne untergegangen. Sie hat keine Taschenlampe. Der Mond ist Veras einziger Helfer. Sein Licht scheint auf den Pfad vor ihr, der sie Schritt für Schritt wegbringt von der Zivilisation und näher an die unverschämt harschen Gipfel. Stetig bläst ein kalter Wind. Der Plattkofel mit seiner markanten Flanke steht schwarz vor einem schwarzen Himmel, setzt sich ab als Schattenriss. Sterne glitzern. So viel mehr als sie zu Hause je sehen würde. Von Zeit zu Zeit bleibt sie stehen, legt den Kopf in den Nacken, schickt ihren Blick zu den Sternen und sehnt sich weit weg.

Der Pfad ist kaum zu erkennen, ab und zu kommt sie an einem Wegweiser vorbei. Der Hinweis auf die Schutzhütte, der sie vorhin motiviert hat, fehlt. Vielleicht hat sie im Dunkeln die Abzweigung verpasst. Jeder Schritt führt sie höher, das Laufen strengt sie an, sie keucht. Plötzlich kommt eine Liftanlage in Sicht. Die Schleppseile hat sie im Dunkeln nicht erkennen können. Ein Skilift für den Winter, schießt ihr durch den Kopf. Ob sie dort schlafen kann? Ihr ist kalt, sie ist erschöpft. Will nur irgendwie die Nacht überstehen und morgen weiterdenken.

Vera geht auf die Liftanlage zu, steigt über den niedrigen Zaun. Der Eingang liegt schwarz da. Wenigstens kann sie für ein paar Momente dem kalten Wind entkommen. Doch alles ist versperrt und verriegelt. Baumaterialien liegen herum, anscheinend wird die Anlage für den Winterbetrieb hergerichtet. Ängstlich hält Vera Ausschau nach Kameras. Die Liftanlage hat einen kleinen Anbau. Davor steht ein Plastikstuhl.

Vera rüttelt an der Tür. Verschlossen. Das Fenster daneben ist schmutzverschmiert. Im Sommer ist dieser Lift ungenutzt. Sie sinkt in den Stuhl. Vor ihr die mondbeschienene Weite der Bergwelt. Weiße Flecken im Dunkel: Das sind die schneebedeckten Gipfel. Riesen aus Fels und Eis. Was muss das für ein Ausblick sein, wenn die Sonne aufgeht. Nie hat sie Berge gemocht, aber nun steckt sie hier fest, so hoch oben, wie sie wahrscheinlich noch nie war, zumindest nicht nachts. Sie legt den Kopf in den Nacken. Sternenübersät ist der Himmel. Majestätisch und gleichgültig. Vera nimmt Marias Waffeln aus dem Rucksack. Sie muss sich zwingen, langsam zu essen, etwas übrig lassen. Ganz langsam kaut sie, lässt die Überbleibsel des süßen Teigs auf der Zunge zergehen.

Wenn man mit sich im Reinen wäre, denkt sie, wäre das in etwa so wie hier. Klarheit. Schönheit. Ein Ort, wo alles seinen Platz hat. Sie blickt hinaus ins All. In die Unendlichkeit, in der sie nicht wichtig ist, noch weniger das Koks im Rucksack. Auch die Gefahr, in die sie sich begeben hat, bedeutet nichts angesichts dieser Größe. Es ist vollkommen still, nur das Sausen des Windes, der sich am Liftgebäude fängt, bildet eine harmlose Klangkulisse. Kein Auto. Kein anderer Mensch. Totale Stille.

Sie hat nie besonders darauf geachtet, welche Geräusche sie selbst auslöst, bei ganz simplen Dingen, beim Gehen, Atmen, Essen, wenn sie etwas in einen Rucksack packt oder herausnimmt. Soll sie etwas Koks probieren? Die Wirkung nutzen, um weiterzukommen? Den Kick spüren und ab auf den Grat, den Felsen erobern, leistungsstark, euphorisch, von sich selbst überzeugt … Vera schüttelt den Kopf. Sie hat nie etwas erobert, sie hat zusammengekratzt, was irgendwie zu kriegen war, und oft genug verzichtet. Walter gestützt und über weite Strecken sogar getragen, bis es nicht mehr ging, bis sie unter seinem Gewicht zusammenbrach und ihren Rest an Energie und Kraft bewahren musste, um ihren Sohn durchzubringen. Sie hat auch nie etwas gefordert, sondern sich begnügt mit den Zuteilungen des Schicksals. Akzeptiert, dass sie allein mit einem Kind nicht so weite Sprünge machen konnte. Nicht zu viel erwarten, keine Enttäuschung programmieren, indem sie die Ziele zu hoch steckte: Das war ihr bisheriges Lebensprogramm. Angesichts der überwältigenden Natur um sie erscheint ihr das wie ein Witz.

Vera schreckt aus ihren Gedanken. Sie hört Schritte – und jemanden atmen.

Wie erstarrt hockt sie auf dem Plastikstuhl, den geöffneten Rucksack auf dem Schoß. Sie schluckt den Rest Waffel in ihrem Mund herunter. Totstellen. Machen Tiere das nicht? Vera zwingt sich, flach zu atmen. Etwas scheppert – wer auch immer hier herumschnüffelt, ist gegen ein Metallteil gestoßen. Ein eigenartiger Geruch macht sich breit. Unwillkürlich rümpft Vera die Nase. Es riecht nach schlechtem Atem.

Sie legt den Rucksack auf den Boden, steht auf, fluchtbereit. Ihre Sinne sind jetzt ganz klar. Vorsichtig geht sie ein paar Schritte um den Anbau herum. Wieder hört sie das metallene Scheppern. Dann rennt ein Schatten davon, auf vier Beinen, weg von der Liftanlage ins Schwarz der Nacht. Veras Herz hämmert. Es dauert ein paar Minuten, bis sie sich beruhigt. Ein Tier. Nur ein Tier. Vielleicht ein Fuchs.

Vera trinkt eine Flasche Wasser leer. Zeit, sich wieder auf den Weg zu machen.

*

Das Gehen geschieht wie von selbst, langsam und schwerfällig, dabei jedoch stetig, nur begleitet vom Mond, der ihre einsame Wanderung gnädig beleuchtet.

Sie erreicht einen Grat. Direkt vor ihr geht es steil abwärts, im diffusen Licht verliert sich der Blick irgendwo in der Dunkelheit. Rechts sieht sie den Plattkofel. Der Weg führt über den felsigen Grat ein Stück die Felsen hinunter und dann parallel zum Hang nach rechts. Ein Seil ist gespannt, um die Passage zu sichern. Sie hat weder die Ausrüstung noch die Erfahrung noch die Kraft, über einen derart steilen Steig weiterzugehen. Außerdem ist ihr kalt, mittlerweile durchdringt der Wind auch Marias Strickjacke.

Vera lässt den Blick schweifen. Tief unten und jenseits des Tales, das sie überblickt, brennen an manchen Stellen Lichter. Weit voneinander entfernt und für Vera unerreichbar. Sie schaut zurück, kann die Liftanlagen aber nicht mehr erkennen.

Irgendwann wird sie diese Schutzhütte finden, die bei der verfallenen Hütte angezeigt war. Wenn nicht die, dann eine andere. Geduld ist alles, redet sie sich zu. Wo ein Weg ist, führt er auch zu einem Ziel. Sie wandert an dem Grat entlang, weg von den felsigen, für sie unbezwingbaren Zacken. Sie hat den Eindruck, dass weiter vorn die Hänge nicht ganz so schroff sind. Sie hätte besser in den Anbau bei den Liftanlagen einbrechen sollen. Aber das Tier hat sie in die Flucht geschlagen.

Es geht nun steil abwärts, der Weg ist mühsam zu gehen, lose Steine erschweren das Ausschreiten. Wie eine Seiltänzerin streckt Vera die Arme seitlich aus. Läuft so vorsichtig und zugleich so schnell, wie sie nur kann. Die Waffeln haben ihre Energiereserven aufgefüllt. Nach einer halben Stunde etwa erreicht sie eine Senke, aus der ein Wanderweg, diesmal gut markiert, wieder hinaufführt. *Rifugio Sant'Angela, 20 min*, steht auf dem Wegweiser.

Eine Schutzhütte ist genau das, was sie jetzt braucht. Hoffnung keimt in ihr auf. Sie wird diese Nacht überstehen, schlafen, und morgen früh wird sie eine Entscheidung treffen.

Wo nur Irma steckt! Sie könnte sich ohrfeigen, die alte Frau mitgenommen zu haben auf diese bizarre Fahrt. Sie hat sie in Gefahr gebracht, richtiggehend gelockt, in der Absicht, sich selbst zu schützen. Vor dem Zoll, der denken sollte, zwei Frauen in dem Alter, die gehören nicht zu den typischen Drogenkurieren. Entsetzt über sich selbst kommen Vera die Tränen.

Sie stolpert weiter, der Weg steigt nun wieder an, sehr steil, es kommt ihr vor, als müsste sie einen Kirchturm mit Hunderten von Stufen besteigen. Der Pfad wird tatsächlich zu einem Steig, konzentriert setzt sie Fuß vor Fuß und blendet dabei die Grübeleien aus. Unter ihren Sohlen bröckeln ab und zu Steine weg, einmal gleitet sie ab, knallt mit den Knien auf einen Felsen und muss sich mit den Händen festhalten, um nicht ein gutes Stück zurück zu rutschen. Ihre Finger schmerzen, sie spürt warmes Blut an der Hand, richtet sich wieder auf. Das Ziel ist die Schutzhütte. Sie ist erschöpft, und mit jedem Schritt, den sie an Höhe gewinnt, wird der Wind kälter. Ihre Widerstandskraft lässt nach. Aus den angekündigten 20 Minuten werden 30, vielleicht sogar mehr, sie hat nicht auf die Uhr gesehen. Endlich erreicht sie den Scheitelpunkt des Pfades und sieht unter sich die Hütte. *Rifugio Sant'Angela*. Ein unverschämt flacher Hang führt darauf zu, hell erleuchtet vom Mond und groteskerweise mit Schneeresten rechts und links in den Bodensenken. Vera zittern die Knie, als sie nur noch wenige Schritte von der Hütte entfernt ist. Ihr klappern die Zähne vor Kälte und Anstrengung.

Zu ihrer Überraschung ist die Schutzhütte ein gemauertes kleines Haus mit einer Holztür, Fensterläden und einer Terrasse an der Seite. Das Gebäude liegt dunkel da. Sie drückt gegen die Tür, rüttelt an der Klinke. Versperrt. Verzweiflung macht sich in Vera breit. Irgendwie muss sie da rein, sie kann nicht mehr, mag nicht mehr, sie muss sich aufwärmen, ausruhen, ein wenig Schlaf finden, die zermürbenden Gedanken abschalten. Wenn das Ding Schutzhütte heißt, muss man doch reinkönnen, denkt sie, jederzeit, bei Gewitter oder Schneeeinbruch, verdammt. Das letzte Wort schreit sie in die kalte Nacht. Sie tastet nach einem Schlüssel, zerrt an den Fensterläden.

Drinnen geht Licht an. Sie schreckt zurück. Das erste ist Fluchtinstinkt. Weg. Das zweite ein Gedanke: Ich kann nicht mehr.

Die Tür wird von innen geöffnet. Warmes Licht fällt auf sie. Durch den Spalt sieht sie die kräftige Gestalt eines Mannes.

Es ist Dienstag, der 8. Juli, 0.30 Uhr.

17.

Der Mann stellt wortlos einen Teller mit einem Stück Käse und einer Handvoll Kaminwurzen vor Vera. Aus einer Thermosflasche gießt er ihr Tee ein. Nimmt ein Stück Brot aus seinem Rucksack. Er trägt Boxershorts, ein T-Shirt, Socken. Als hätte sie ihn aus dem Schlaf gerissen.

»Ich hätte nicht gedacht, dass heute noch jemand kommt.«

Wenn er erwartet, dass Vera genaue Angaben zu ihrer Situation macht, hat er sich geschnitten. Sie stürzt sich auf Tee und Essen. In einem Kamin glühen ein paar Scheite. Ihr wird warm, sie zieht die Jacke aus.

»Ich heiße Robert.«

»Vera.«

Sie mustert ihn verstohlen. Sein strohblondes Haar bräuchte einen Haarschnitt, es steht am Hinterkopf ab. Mit dem stoppeligen Bart in seinem gebräunten Gesicht wirkt er wie der typische Bergfex aus den Heimatfilmen.

»Von wo bist du aufgestiegen?«, fragt er.

»Pordoipass.«

Er betrachtet sie mit demselben zweifelnden Gesichtsausdruck, mit dem er vorhin auch ihre Sneakers, den abgewetzten Rucksack und die Jacke beäugt hat. Seine Ausrüstung sieht 1000-mal professioneller aus. Daunenjacke, klobige Bergstiefel, Steigeisen, Klettergurte und eine Stirnlampe liegen neben dem Esstisch auf dem Boden.

»Danke für das Essen.«

Er zuckt nur die Achseln.

»Ist sonst niemand hier?«

»Nein. Ist nicht die typische Klettersaison«, sagt Robert. »Ich will morgen über die Grohmannspitze zum Plattkofel und dann absteigen zur Langkofelhütte. Wird eine harte Tour. Habe ich seit Ewigkeiten nicht mehr gemacht. Und du?«

Vera lehnt sich zurück. »Eigentlich war ich mit dem Motorrad unterwegs.«

»Hattest du eine Panne?«

Im Prinzip ja, denkt sie. Fast möchte sie lachen, so albern kommt ihr das alles vor. Die Panne besteht darin, dass ich hier hinaufgeflüchtet bin, ohne Essen, ohne Ausrüstung, ohne Plan. Ich muss wieder runter.

Als sie nicht antwortet, schweigt auch Robert. Er starrt auf die glühenden Scheite. Steht auf und wirft noch einen drauf. Funken stieben auf. Es knackt und knistert, Flammen züngeln. Der Wind heult ums Haus.

»Es sind noch genügend Betten frei«, sagt er. »Da

hinten liegen Decken. Ich will in ein paar Stunden aufbrechen. Gute Nacht.«

Er nimmt seinen Rucksack und verlässt den Raum. Sie hört seine schweren Schritte die Treppe hinaufgehen.

Endlich macht sich so etwas wie Entspannung in ihr breit. Neugierig sieht sie sich um. Sie war noch nie auf einer Schutzhütte. Sie besteht unten aus einem einzigen großen Raum mit einem massiven Holztisch, auf dem die Reste ihres Essens stehen. Stühle, ein Schrank an der Wand. Sie steht auf, öffnet ihn. Konserven, Corned Beef, abgepacktes Brot. Daneben eine Schachtel, auf die jemand von Hand das Eurozeichen und »danke« geschrieben hat. Büchsenöffner, Besteck, Geschirr, Zucker, Salz. Ein Kasten mit Verbandszeug. Ein paar Hygieneartikel. Neben dem Schrank steht ein kleiner Gasherd. Man kann hier eine Weile durchhalten.

Ihre Gedanken schweifen ab.

Sie ist in einem Niemandsland angekommen. Gestrandet, auf Grund gelaufen, manövrierunfähig. Sie hat Irma im Stich gelassen und Maria genauso. Aus Angst, einem Instinkt folgend, ist sie weggelaufen.

Waren die Gangster noch in der Nähe von Marias Haus, als sie Hals über Kopf geflohen ist? Sie versucht, sich zu rechtfertigen, ihr Davonlaufen mit einer nachvollziehbaren Begründung abzufedern. Sie war selbst in Gefahr, hätte nichts für Maria tun können, wenn sie geblieben wäre. Für Irma auch nicht. Oder hätte sie Irma als vermisst melden und eine Personenbeschreibung geben sollen? Womöglich hätte die Polizei sie gar nicht weiter unter die Lupe genommen. Sie, Vera, wäre mit dem Stoff in ihrem Rucksack einfach wieder aus dem Polizeirevier hinausmarschiert. Doch wo hätte sie die Nacht verbringen sollen? In ihrem verwüsteten Zimmer in der Pension?

Sie reibt sich das Gesicht. Verletzte Person in einem leeren Haus, ein Kleinwagen mit zerstochenen Reifen – längst haben sie das Kennzeichen überprüft und kennen Veras Identität. Sie schwankt. Das hat sie nicht bedacht! Sie ist bereits mittendrin in den Ermittlungen, kommt vielleicht sogar als Tatverdächtige infrage. Angerufen, weggelaufen …

Vera rinnen die Tränen übers Gesicht. Ihr Knie schmerzt, und die Haut an ihren zerschundenen Fingern spannt. Sie tastet nach dem Handy, will Darius anrufen, mit ihm reden, fragen, was zu tun ist. Alles ist verdorben, aus dieser Geschichte kommt sie nicht mehr raus und er auch nicht. Sie bückt sich, hebt ihren Rucksack auf den Tisch. Schluchzend räumt sie das wenige Kleinzeug aus. Die Box, in der Marias Lunch verpackt war. Die Wasserflaschen. Dann tastet sie nach dem Kokain. Hievt das Paket aus dem Rucksack, lässt es auf die Tischplatte sacken. Zieht das Plastik beiseite und starrt auf die vier Päckchen. An einem hat sich der Klebstreifen gelöst. Ein bisschen was von dem schneeweißen Zeug rieselt heraus. Sie leckt ihren Zeigefinger ab, bevor sie ihn in das Pulver stippt.

Sie wird nie aus all dem hier rauskommen. Kann nicht einmal geltend machen, dass sie in diese Misere hineingeschlittert wäre. Das kauft ihr keiner ab. Es stimmt auch nicht. Sie wusste von Anfang an, dass sie drauf und dran war, eine Straftat zu begehen. Gleichgültig, dass sie entschlossen war, es nur einmal und danach nie wieder zu tun. Mein Gott, Darius! Der ging einfach davon aus, dass sie nichts sagen würde. Weil sie das Geld braucht. Wütend schlägt sie mit den Fäusten auf die Tischplatte. Wieder und wieder. Sie hat ihn immer gedeckt. Sich seinen Wünschen untergeordnet, alles für Darius, Darius schützen, die täglichen Sorgen von Darius fernhalten, er sollte sein Ding tun können, seine Pläne leben, was auch immer das für welche waren. Grässliche Pläne, soviel ist nun klar.

Als hätte sie das nicht längst gewusst.

Nie hat sie ihm Steine in den Weg gelegt. Im Gegenteil. Erst kam Walters Wohlergehen, dann das ihres Sohnes, zuletzt sie selbst. In diesem Bermudadreieck war ihre eigene Position ein Schleudersitz. Mit Walter ist sie untergegangen, mit ihrem verdammten Mitgefühl, mit der Selbstaufopferung, mit dem Glauben an die Liebe, die alle Probleme löst, gleichgültig, wie lange es dauert. Doch die Liebe hat das Problem nicht gelöst, sie hat es schlimmer gemacht, sie in den Abgrund gerissen, mitsamt ihren Träumen von der heilen Familie. Als Nächstes, ganz am Boden, hat sie mit Darius weitergemacht: Im Glauben, ihren Sohn schützen zu müssen, hat sie übersehen, was leicht zu erkennen war. Dass er abrutschte und ihr entglitt. Dass sein Verhalten, das sie als seine persönliche Freiheit verteidigte, in die Kriminalität mündete.

Wütend wischt Vera mit dem Jackenärmel die Tränen von ihrem Gesicht. Jetzt bemitleidet sie sich auch noch selbst. Dabei hatte ich es in der Hand, schießt es ihr durch den Kopf. Niemand hat mich mit vorgehaltener Waffe gezwungen, den erwachsenen Darius zu beglucken wie den kleinen Jungen, der immer der Kleinste und Dünnste war. Sie ist ihm auch noch beigesprungen, als sie längst wusste, auf welch schiefen Bahnen er sich herumtrieb.

Hinter ihr knackt ein Scheit.

»Fuck!«, schreit Vera. Es ist ihr egal, ob Robert sie hört. Egal, was als Nächstes passieren wird. Sie will nur Irma finden und herauskriegen, was mit Maria ist und wen sie tot aus dem Hotel *Zum weißen Rössl* getragen haben. Ordnung will sie schaffen, für sich selbst, endlich nur für sich selbst, nicht für Darius! Wenigstens in diesem Fall einen Menschen retten. Wo doch Walter verloren war, wo Darius verloren ist, alles den Bach runtergeht. Irma hat sich auf sie, Vera, eingelassen, ihr einen Gefallen getan, sie begleitet. Jetzt lebt sie vielleicht nicht mehr …

Schluchzend löst Vera sich vom Tisch. Sie ist so voller Groll, will auf alles einschlagen, sich die Fäuste wundscheuern, egal, blind vor Tränen wankt sie ein paar Schritte und trommelt dann los, gegen die Wand, die Tür. Gegen etwas Weiches, das sich ihr in den Weg stellt.

Zwei kräftige Hände packen ihre Handgelenke und halten sie fest.

Es ist Dienstag, der 8. Juli, 1:30 Uhr.

18.

»Das ist ungestrecktes Kokain. Es kommt in etwa ziegelsteingroßen Päckchen aus Südamerika in Westafrika oder auf den Kanaren an.« Robert drückt seinen Finger in das Loch in dem einen Paket und leckt daran. Verzieht das Gesicht. »Das ist unglaublich stark. Wenn ein Junkie sich an seiner üblichen Portion orientiert und das hier snifft, haut es ihn aus den Schuhen. Der reine Stoff wird viel schneller aufgenommen als der gestreckte.«

Verdattert starrt Vera Robert an. Sie sitzen am Tisch. Er hat sie festgehalten, bis sie sich beruhigt hat, anschließend den Gasherd in Betrieb gesetzt und neuen Tee gekocht. Sie hält ihren dampfenden Becher in der Hand. Erleichtert, dass es raus ist. Das verdammte Geheimnis aus ihrem Rucksack.

»Wieso ungestreckt?«, fragt sie.

»Die Drogenkartelle maximieren ihren Gewinn, indem sie den Stoff mit Schmerzmitteln und anderem Zeug versetzen. Die Menge bleibt gleich. Oft kaufen sie billig Schmerztabletten auf, deren Haltbarkeit schon abgelaufen ist. Die werden zerstampft und beigemischt. Manchmal auch *Levamisol*, ein Wurmmittel, das bei der Geschmacksprobe dieselbe ätzende Wirkung auf die Schleimhäute wie Koks hat. Der Jetset schnüffelt gemörserte Wurmtabletten. Sozusagen.«

»Woher weißt du das?«

»Das ist eine längere Geschichte.« Robert streut Zucker in seinen Tee. »Die Kurzfassung geht so: Ich habe Journalismus studiert und in Bozen eine Karriere als Polizeireporter hingelegt, bevor ich keinen Bock mehr auf die ganzen kaputten Typen und ihre depperten Geschichten hatte. Ich schmiss hin und verbrachte ein paar Sommer als Hüttenwirt.«

»Das ist wirklich ganz was anderes!«

»Kann man so sagen. Ich habe da so einen Traum, in ein Weingut einzusteigen. Leider nicht so einfach. Leidenschaft allein reicht eben nicht.«

Vera seufzt. »Hast du ungestrecktes Kokain schon einmal gesehen?«

»Habe ich.« Er nickt ernst. »Ich habe auch Leute gesehen, die sich mit dem Scheiß zuballern. Die halten oft lange durch. Der Körper wird nicht abhängig vom Koks. Aber ihre Psyche verlangt kontinuierlich nach dem neuen Kick, sobald die vorherige Euphorie abflacht und die große Depression den Tag verdunkelt. Bis sie dann irgendwann vor Gier überdosieren. Was folgt, schreit nach der Notaufnahme: Atemstillstand, Arrythmie, Herzschädigung. Manchen zerfetzt es ein Blutgefäß im Gehirn. Sie werden zu Zombies. Sind gelähmt, können nicht mehr sprechen. Dann ist es vorbei mit dem Überschwang.«

Vera stellt ihren Becher ab. »Wie viel ist das hier wert? Was meinst du?«

Er wiegt den Kopf. »Im Durchschnitt erzielst du mit einem Kilo reinem Kokain 40.000 Euro. Eventuell mehr. Ich bin nicht mehr so up to date, was diese Dinge betrifft.«

Vera starrt auf die vier Päckchen.

»Also liegen auf diesem Tisch 160.000 Euro?«

»Nach Adam Riese.« Robert verzieht das Gesicht. »Klartext, Vera: Wo hast du das Zeug her?«

Vera wird schwindelig. Sie kommt sich vor wie auf einem Dampfer, der von den Wellen hin- und hergeworfen wird. Ihr ist so schlecht, als müsste sie sich übergeben. Mühsam steht sie auf, die Hände auf den Tisch gestützt.

»Das ist auch eine von den langen Geschichten.«

»Ich habe Zeit.«

Der Würgereiz überwältigt Vera. Sie stürmt zur Tür, rennt hinaus und erbricht Kaminwurzen, Käse und Brot neben die Hüttentür.

*

»Mir ist die Wohnung gekündigt worden.« Sie nippt an einem neuen Becher Tee. Will den widerlichen Geschmack aus ihrem Mund kriegen.

»Okay«, sagt Robert. Sonst nichts.

»Ich habe über 20 Jahre in dem Haus gewohnt, aus dem wir jetzt rausgekündigt wurden. Meine Nachbarn und ich. Es ist wahnsinnig schwer, was Neues zu finden. Und höllisch teuer.«

»Wohnst du allein?«

Vera nickt. »Mein Sohn ist schon erwachsen.« Mein Sohn, der sich die Hände dreckig macht mit dem Koks. Mein Sohn, den ich nicht mehr kenne, dem ich wie ein nach Liebe bettelndes Schoßhündchen hinterhergelaufen bin, dem ich alles recht gemacht habe.

»Und dein Mann?«

»Ist tot.«

»Das tut mir leid.«

»Ist lange her.« Vera starrt in den Kamin. Robert hat neue Scheite aufgelegt. Die Flammen werfen zitternde Schatten in den Raum. »So lange, dass ich eigentlich gedacht hatte, ich hätte es überwunden. Es war nicht leicht, Darius allein aufzuziehen.«

»Natürlich nicht.«

»Hast du Kinder?«

Er schüttelt den Kopf.

»Also, Darius hat sehr gelitten.« Sie presst die Lippen aufeinander. Aus der Nummer will ich raus, denkt sie. Nur noch raus. »Was allerdings kein Grund ist, selbst so viel Mist zu bauen.«

»Da komme ich jetzt nicht mehr mit«, wirft Robert ein.

Vera holt tief Luft. »Der Stoff ist von Darius.«

»Dein Sohn handelt mit …«, Robert schüttelt den Kopf, schließt die Augen einen Moment, »diesem Zeug?«

»Ich brauche Geld. Muss die Kaution bezahlen. Für die neue Wohnung. Ich habe Darius mein Leid geklagt. Ich habe das Geld nicht, verstehst du? Normalerweise halte ich meine Probleme von Darius fern. Ich will ihn da nicht mit reinziehen. Aber in meiner Verzweiflung – ich hatte keinen zum Reden!« Sie beißt die Zähne zusammen, denn da sind schon wieder so viele Tränen, die rauswollen. Ganze Sturzbäche.

»Also hast du ihm ausnahmsweise erzählt, was dich bewegt?«

»Ich habe ihn angerufen. Dachte, vielleicht kann er mir was leihen. Bis ich wieder auf die Füße komme. Ich habe keinen Job zurzeit. Und mit der Schufa-Auskunft ist das auch so eine Sache.«

»Schulden?«

Vera zuckt die Achseln. Jetzt, da sie sich mitten in einem umfassenden Geständnis befindet, kommt es auf diese Dinge auch nicht mehr an. »Ja. Ich habe … Also, ich kann das bald zurückzahlen.«

Robert sagt nichts, trinkt Tee. Beide schauen sie in die Flammen. Das Feuer knackt. Warm ist es im Raum. Vera zieht die Jacke aus.

»Dabei wusste ich bis vor Kurzem selbst nicht, womit Darius sich seit Jahren über Wasser hält. Früher hat er mich manchmal angepumpt. Ich habe ihn immer unterstützt, selbst wenn ich den Eindruck hatte, dass was nicht stimmt.«

»Er brauchte oft Geld.«

»Eigentlich ständig.« Bisher hat sie das nicht einmal vor sich selbst zugegeben. Obwohl sie Dutzende von Malen größere Beträge für ihn abgehoben hat. »Darius war permanent klamm. Ich war richtig froh, als seine Geldnöte mit einem Mal vorbei schienen.«

»Jetzt weißt du, warum.« Robert zeigt auf den Stoff.

»Verdammt. Ja.«

»Seit wann ist er im Business?«

»Ich habe keine Ahnung.« Vera trinkt ihren Tee aus, stellt den Becher weg. Für ein paar Minuten senkt sich Stille über den Raum, nur unterbrochen vom Knistern der Flammen. »Ich fürchte, schon eine ganze Weile.«

»Ungestrecktes Kokain wird von Gangs weiterverkauft, die sich ihren Platz im Drogengeschäft hart erarbeitet haben. Durch Bedrohung und Mord.«

»Bedrohung?«

»Die suchen sich einen Gastronomen aus und setzen ihn unter Druck. Schutzgelderpressung, schon mal gehört? Oder sie setzen fest, dass ein neuer Restaurantbesitzer die Schulden des früheren Besitzers geerbt hat. Sie wollen am Restaurant beteiligt werden.«

»Warum brauchen die ein Restaurant?«

»Die ideale Möglichkeit, um Drogengeld zu waschen. Einnahmen aus dem Geschäft mit dem Koks müssen verwaltet werden. Du kannst solche Summen nicht einfach unter der Matratze lagern.« Robert steht auf, geht durch den Raum. »Diese Typen schrecken vor nichts zurück. Sie bedrohen ganz Familien, verstecken Bomben in Autos und nehmen in Kauf, dass Kinder sterben, um ihr Imperium zu schützen. Sie gehen extrem brutal vor.«

»Darius …«

»Wer in dem Geschäft mitmischt, hat sich hochgearbeitet. Das ist keiner, der im feinen Zwirn und Aktenkoffer ein Bewerbungsgespräch absolviert hat. Diese Kerle haben klein angefangen, als Dealer auf der Straße, Kuriere, Typen für die Drecksarbeit. Die meisten sind, wenn sie ins Geschäft einsteigen, minderjährig. Auf der Straße Stoff verkaufen, ist heikel, und wenn sie erwischt werden, werden sie nach Jugendstrafrecht verurteilt. Erhalten kleine Strafen, mit denen sie sich in den Gangs Respekt verdienen. ›Du gehst in den Knast und hältst den Mund, bravo! Solche wie dich brauchen wir.‹ Diese Jungs haben schon als halbe Kinder den Bossen die Kohlen aus dem Feuer geholt, wenn es drauf ankam, und sich so einen Namen gemacht. Stück für Stück steigen sie auf, in einen Geschäftsbereich, in dem es weniger gefährlich und weniger schmutzig zugeht.«

»Weniger gefährlich?«, echot Vera entsetzt.

»Irgendwann sind sie weg von der Straße und damit auch fester im Gefüge der Gang. Mit einem gewissen Status. Der Feind ist nicht nur der Staat mit seinen Gesetzen. Der Feind sind auch die anderen Gangs. Da herrscht keine Ruhe, die Fronten sind nur für eine gewisse Zeit abgesteckt. Im Drogengeschäft schlägst du Millionen um. Das weckt Begehrlichkeiten.«

Vera schluckt. »Darius war immer der Kleinste und Dünnste. Schon im Kindergarten wurde er schikaniert. In der Schule auch. Bis er Freunde fand.«

»So kann man's erklären.«

»Ich … es ist unwahrscheinlich schwer, seinem Kind zu helfen!«, verteidigt sich Vera. »Du durchschaust oft gar nicht, was los ist. Das Kind ist blass, hat keinen Appetit, weint nachts. Du gibst dir alle Mühe, sprichst mit Engelszungen, nimmst die Lehrer in die Zange, steigst aber trotzdem nicht durch.«

Robert stemmt die Hände in sein Kreuz und streckt sich.

»Das ist alles richtig und wahr und verständlich.«

Vera lässt seine Worte sacken. »Willst du mir damit sagen, dass es leicht ist, ein paar Ursachen für das alles aufzuzählen, wenn man gleichzeitig nichts dagegen tut, dass Leute dermaßen abstürzen?«

»Es geht ja nicht nur um die Ursachen. Klar können Kinder, die aus dem Gefüge rutschen, warum auch immer, schnell abgleiten und sich anderswo Anerkennung und Freundschaft sichern. Doch warum tun die Schulen nichts, um einzelnen Kindern zu helfen, wenn sie doch merken, dass etwas im Argen ist? Wieso können solche kriminellen Strukturen sich schon im Jugendalter derart festigen, dass man nicht mehr hinausfindet?«

»Vielleicht will Darius gar nicht raus aus dem Ganzen«, sagte Vera leise.

»Ist dein Sohn selbst ein Junkie?«

Vera möchte nicht weinen, doch ihre Augen werden feucht, als sie antwortet:

»Ich weiß es nicht.«

»Vermutest du es?«

»Es … könnte sein.«

»Letztendlich wäre es extrem unwahrscheinlich, wenn er selbst keine Drogen konsumieren würde. Wenn der Stoff so dicht vor seiner Nase vorbeikommt, dass er nur zugreifen muss.«

»Warum hat er mich da reingezogen?« Vera wird das alles zu viel. Unerwartet ist sie in eine Geschichte vorgestoßen, die sie lieber auf Abstand gehalten hätte. Einfach nur einmal den Kurier spielen und Geld verdienen. Danach so tun, als wäre nie etwas gewesen.

Robert fährt mit beiden Händen durch sein struppiges Haar.

»Ich denke, es war so: Dein Sohn hat beschlossen, ein eigenes kleines Business aufzumachen, und zu diesem Zweck eine Charge Kokain abgezweigt. Um es an den Kunden zu bringen, hat er seine Mutter eingesetzt. Die zufällig gerade Geld braucht. Und weil er sonst keinen anderen hat.«

Vera sieht Irma vor sich. Ihr träumerisches Gesicht, als sie sagte: »Sie meinen nach Südtirol? Spontan?«

Robert redet schon weiter: »Eine Frau in deinem Alter gehört nicht in die Personengruppe, nach der Behörden Ausschau halten, wenn es um Drogen geht.«

»Das habe ich mir auch gedacht. Deswegen habe ich sogar meine Nachbarin gefragt, ob sie mitkommen will. Sie ist in den 70ern. Ich habe überlegt, es wäre die ideale Tarnung. Und außerdem wollte ich das nicht allein durchstehen.«

»Und wo ist die Frau jetzt?«

Vera achtet nicht auf die Tränen, die ihr die Wangen hinunterkullern. »Ich habe sie aus den Augen verloren. Sie ist einfach weg. Und unsere Pensionswirtin lag schwer verletzt da. Ich habe den Notruf gewählt, bin aufs Motorrad. Nur weg.« Sie holt tief Luft.

Alarmiert starrt Robert sie an.

»Das heißt, die sind schon hinter dir her?«

Vera versucht krampfhaft, sich zu beruhigen. Birgt das Gesicht in den Händen. Bemüht sich, ruhig zu atmen. Sie hat den ganzen verdammten Tag lang durchgehalten, jetzt kann sie nicht mehr.

»Vera!«

Roberts Stimme ist genau neben ihrem Kopf.

»Vera, hör zu: Ist jemand hinter dir her? Ich muss das wissen, hörst du! Es könnte für uns beide jederzeit gefährlich werden. Sogar hier oben.«

Vera schluckt. »Ich war beim Treffpunkt. Wo die Übergabe stattfinden sollte. Es klappte nicht. Die waren zu zweit. Auf einem Motorrad. Einer zog eine Waffe. Irgendwie habe ich es geschafft, da wegzukommen. Später habe ich mich in eine Gruppe Biker geschmuggelt und bin auf Umwegen zu unserer Pension zurückgefahren.« Sie berichtet, wie sie in Sankt Andrä den Leichenwagen und die Polizeiabsperrung sah. Von den zerstochenen Reifen an ihrem Polo. Dem Motorrad, das sie unweit des Passes hinter einem heruntergekommenen Rifugio abgestellt hat.

Robert hört zu, sich ab und zu den Bart streichend. Schließlich birgt er sein Gesicht in den Händen und sagt nur ein Wort:

»Fuck.«

Es ist Dienstag, 8. Juli, 3 Uhr.

19.

Vera liegt in einem Etagenbett im oberen Stock der Schutzhütte. In ihrem Kopf rattern die Gedanken. Erinnerungsfetzen an ihre Zeit mit Darius als Kind vermischen sich mit den Erlebnissen des vergangenen Tages. Irgendwo in seinem drogenzerfressenen Hirn hat Darius die Idee ausgebrütet, die Leute zu bestehlen, denen er bisher zugearbeitet hat. Wahrscheinlich haben diese Typen das längst spitzgekriegt und ihn mit ihren Methoden bearbeitet, ihm seinen Plan aus der Nase gezogen. Den Sozius, der die Waffe zog, sieht Vera noch vor sich. Die leblose Maria auf dem Boden. Den Leichenwagen in Sankt Andrä. Das Kartell hat schnell gehandelt. Darius' Experiment mit dem eigenen Business sollte sofort an den Wurzeln ausgemerzt werden. Ob Darius noch lebt? Vera zittert. Sie wickelt sich fester in ihre Decke. Doch das Zittern kommt nicht von der Kälte der Nacht hoch oben auf dem Berg.

Sie hat alles kaputtgemacht. Walter verloren. Darius verloren. Irma. Maria. Und wen haben sie aus dem Hotel getragen? Die Schuldgefühle übermannen sie. Sie weint.

Sie konnte Walter nicht helfen. Er hat sich ihr entzogen mit immer schwereren Depressionen, die in Intervallen hochkochten. Gute Zeiten wechselten mit schrecklichen Phasen ab, in denen er von Suizid redete, drohte, sich umzubringen. Wie viele Male sie ihn nachts ins Klinikum brachte, kann sie nicht mehr zählen. Sie lieferte ihn ein aus Angst, er würde sich zu Hause etwas antun, und Darius würde seinen Vater tot finden. Sie musste für Walter sorgen, aber auch ihren Sohn schützen.

Auf lange Sicht ist alles gescheitert. Zwischenzeitlich hat sie ihren eigenen Ausweg gefunden, angefangen, Fahrrad zu fahren, sehr sportlich, mit Kilometervorgaben für den Tag. Um ein Ziel zu haben. Und noch eins. Und ein weiteres. Sich zu steigern. Härter zu trainieren, das Erfolgserlebnis zu genießen. Walter konnte irgendwann nicht mehr arbeiten. Die Rekonvaleszenz nach den depressiven Phasen dauerte zu lang. Er war nicht belastbar. Genauso wenig war er imstande, für Darius zu sorgen. Vera machte Überstunden, um eine Frau zu bezahlen, die nachmittags für Darius da war und den Haushalt übernahm. Da war Darius noch klein. Keine zwölf Jahre alt. Neben dem Job blieb ihr das Radfahren. Eine Welt, die nur ihr gehörte. Sie sparte eisern. Schließlich bestellte sie das neue Rad. Das war zu einer Zeit, als

Walter zu Hause war, einigermaßen stabil. Eine bessere Zeit. Dachte sie. Er beschäftigte sich mit seinem Sohn. Sie bauten zusammen einen Flugdrachen. Darius fand das toll. Die Hausfrau brauchte eine Woche Urlaub, um nach ihrer Mutter zu sehen, die einen Unfall gehabt hatte. Kein Problem, es klappte ja gerade gut mit den Männern in der Familie.

An einem Mittwoch, Vera hat den Tag im Kalender rot markiert, will sie das neue Rad abholen und gleich probeweise eine Tour fahren. Am Tag zuvor hat sie das Walter gesagt, und der war einverstanden. Natürlich fährst du das Rad sofort ein. Ich finde es klasse, was du machst, Vera. Der Sport tut dir gut.

Als sie Walter am Morgen, bevor sie zur Arbeit geht, daran erinnert, reagiert er abweisend. Sie insistiert: Wir haben das besprochen. Nach der Arbeit hole ich das Rad ab und fahre eine größere Runde. Innerlich stellt sie sich bereits darauf ein, die Tour abzukürzen. Sie wird noch mehr Gelegenheiten zum Fahren bekommen, das Rad ist ganz neu, ob sie heute unterwegs ist oder morgen oder wenn die Haushälterin wieder da ist, spielt doch keine Rolle.

Walter macht dicht. Der Mund verzerrt, die Stirn in viele Falten gelegt. Er schweigt. Sie fragt nach, bemüht sich, geht auf ihn ein. Noch immer schweigt er, starrt vor sich hin, die Lippen zusammengepresst.

»Und wenn ich mich umbringe?«, fragt er schließlich.

Darius hat ihn nicht gehört. Denkt Vera. Darius sitzt am Küchentisch und löffelt Cornflakes, sie und Walter stehen im Wohnzimmer. Der Junge kann diesen einen furchtbaren Satz nicht mitbekommen haben. Aber dafür, dass Walter nicht einmal die Stimme gesenkt hat, um sein Kind zu schonen, dafür hasst sie ihn plötzlich. Die Wut lässt sie beinahe taumeln. Für Sekunden hält sie sich an der Schrankwand fest. Walters Schwert ist scharf, und jeder Hieb ein grausamer Schmerz.

»Dann bringst du dich halt um!«, knallt sie ihm entgegen und verlässt das Haus. Schwer atmend.

Er wird es nicht tun, denkt sie. Wie oft hat er genau damit gedroht. Jedes Mal hat sie ihre Pläne geändert, hat sich um ihn gesorgt, ist ihm entgegengekommen in der Gestaltung des Tages, ist bei ihm geblieben, hat ihm gut zugeredet.

An diesem einen Tag nicht.

Sie geht zur Arbeit. Konzentriert sich auf ihre Aufgaben. Arbeitet die Mittagspause durch, um abends früher loszukommen. Begibt sich direkt zum Radgeschäft. Lässt sich das neue Fahrrad erklären. Der Verkäufer stellt Sattel und Lenker ein. Sie legt ihre Kreditkarte auf den Verkaufstresen. Setzt den Helm auf. Tritt in die Pedale. Spürt den kühlen Fahrtwind im Gesicht. Es ist Ende September. Der Herbst ist ins Land gezogen, die Blätter färben sich bereits gelb und rot, ein Farbenrausch. Sie macht die ganz große Tour.

Als sie nach Hause kommt, verschwitzt und gleichzeitig glücklich, vollgepumpt mit den Endorphinen, die sie mit all der Anstrengung in ihr Blut geschwemmt hat, ist es schon dunkel. Darius sitzt vor dem Fernseher.

»Etwas stimmt nicht mit Papa«, sagt er, als sie ihn zur Begrüßung auf die Wange küsst. Er weicht ihrer Liebkosung nicht aus, wie er es sonst meist tut. »Er ist in der Garage und kommt nicht raus.«

Sie geht in die Garage und findet Walter. Er hat sich aufgehängt. Das Bild ihres Mannes mit dem verfärbten Gesicht und den hervorquellenden Augen prägt sich ein. Unauslöschlich.

Sie ist danach nie wieder mit dem Rad los.

Vera lässt die Tränen einfach fließen. Zieht die Decke über den Kopf und weint, es ist ihr egal, ob Robert sie hört. Zu lange hat sie sich die Anstrengung auferlegt, all das Grauenvolle unter dem Deckel zu halten. Die Maßgabe, funktionsfähig zu bleiben, zu erfüllen.

Ich hätte Hilfe gebraucht, denkt sie. Die Trauer hat mich fast verrückt werden lassen, aber ich war auch froh, dass er tot war. Dass dieser Albtraum vorbei war. Länger hätte ich nicht mit ihm leben können. Sie verabscheut sich für diesen Gedanken.

Es ist Dienstag, der 8. Juli, 4 Uhr.

20.

Sie muss eingeschlafen sein. Es ist dämmrig, als sie eine Hand an ihrer Schulter spürt.

»Vera! Wach auf!«

Sie fährt hoch, in Alarmbereitschaft.

»Ich bin's, Robert. Hör zu. Wir müssen hier weg.«

»Wohin denn?« Dass sie nicht in der Hütte bleiben kann, ist ihr selbst klar. In ihrem müden, ausgelaugten Hirn kann sie sich allerdings gerade nicht ausmalen, an welchem Ort sie in Sicherheit sein könnte.

»Es ist gleich 5.30 Uhr. Wir steigen ab. In Campitello di Fassa nehmen wir den Bus nach Bozen.«

»Um was zu tun? Ich muss Irma finden.« Vera kann nirgendwo hin, ohne wenigstens alles versucht zu haben.

»Darum geht es. Deine Pensionswirtin liegt im Krankenhaus in Brixen. Schädelbruch. Sieht nicht gut aus. Von Irma keine Spur.«

Vera lässt sich zurücksinken, bedeckt das Gesicht mit den Händen.

»Wir müssen die Fliege machen. Die Kerle, die dich umbringen wollten, haben bestimmt längst rausgekriegt, wo du dich verkrochen hast.«

»Wie sollten sie? Es hat mich niemand verfolgt.«

»So viele Möglichkeiten bleiben dir nicht, und das wissen sie. Du kannst entweder versucht haben, zurück nach Hause zu kommen. Unter Garantie hat jemand deine Haustür im Blick. Oder du bist hiergeblieben. Hotels und Pensionen sind keine Option. Nur eine Frage der Zeit, bis jemand das Motorrad findet.«

»Das ist auf Maria zugelassen.«

Robert macht eine wegwerfende Handbewegung. »Bist du bereit? Ich habe Tee gemacht.«

Vera steht auf, schlüpft in ihre Schuhe. Bemerkt Roberts zweifelnden Blick.

»Bist du schon mal am Berg geklettert?«

Sie schüttelt den Kopf.

»Na, wirst du schon schaffen.«

Sie folgt ihm nach unten. Nimmt ein paar Schlucke Tee und kaut an einem Keks. Sie braucht Energie, das weiß sie selbst. Stumm sieht sie zu, wie Robert konzentriert seine Ausrüstung zusammenpackt.

»Woher weißt du von Maria?«

»Ich habe eine ehemalige Kollegin angerufen. Die hat nachgeforscht.«

»Mitten in der Nacht?«

»Sandra ist chronisch schlaflos.« Er verzieht das Gesicht zu einer Grimasse.

»Sandra?«

»Als ich Volontär bei der Zeitung war, hat sie mich unter ihre Fittiche genommen. Unter ihrer Ägide habe ich meine erste Leichenschau durchgezogen. Ich habe sie gebeten, mal vorzufühlen, was dich betrifft.«

»Mich?«

»Du wirst gesucht. Vorerst als Zeugin. Dein Polo steht ja hinter der Pension, wo Maria angegriffen wurde.«

»*Vorerst* als Zeugin?«

»Sie könnten dich bald als Tatverdächtige auf dem Radar haben. Du hast Maria liegen lassen und bist getürmt …«

»Ich habe wohl kaum die Reifen meines Autos selbst zerstochen.«

Sie zieht die Jacke an. Robert räumt die Teebecher auf und steckt einen Geldschein in die Schachtel im Schrank.

»Die Polizei wird sich fragen, wo du bist. Auf Maria ist ein Motorrad zugelassen, das sich nicht an der Pension befindet. Sie werden in Nullkommanix auf den Trichter kommen, dass du damit rumfährst. Denn dass du einen Motorradführerschein hast, wissen sie auch.«

»Ich habe Maria nicht ein Haar gekrümmt.«

»Sobald du eine Aussage gemacht hast …«

»Moment mal!« Vera stemmt die Hände in die Seiten. »Was für eine Aussage?«

»Du hast nur diese Chance: Sag, was Sache ist. Wie alles kam. Wie du von deinem Sohn das Koks bekommen hast und aus Geldnot Ja zu seinem Plan gesagt hast.

Rede von der verpatzten Übergabe. Von der Waffe, die einer auf dich gerichtet hat.«

»Ich soll meinen Sohn ans Messer liefern?« Vera wedelt mit der flachen Hand vor ihrem Gesicht herum. »Hast du sie noch alle?«

Robert schultert seinen Rucksack. »Es gibt keine andere Möglichkeit.«

»Keine andere Möglichkeit?« Vera kocht vor Wut. Dass sie all diese Vorgänge selbst schon x-mal im Kopf durchgespielt hat, spielt plötzlich keine Rolle mehr. »Spinnst du? Willst du mir Vorschriften machen? Darius ist mein Sohn!«

»Und ein Krimineller, der bei seinen Geschäften den Tod von Menschen in Kauf nimmt.«

Vera schnappt nach Luft. »Pass mal auf, lass mich in Frieden. Danke, dass du dich kundig gemacht hast, aber ich muss das selbst auf die Reihe kriegen. Ohne Darius ins Unglück zu stürzen.«

»*Ins Unglück*? Er stürzt andere ins Unglück, ist dir das nicht klar?«

»Er ist mein Sohn.«

»Jedes Arschloch ist jemands Sohn.« Er geht zur Tür. »Also, komm.«

Sie verschränkt die Arme. »Ich dachte, du hättest eine Klettertour auf den Plattkofel vor.«

»Damit ist es ja wohl vorbei.«

»Nein, das sehe ich ganz anders. Bitteschön, mach deine Tour. Meinetwegen brauchst du deine Pläne nicht zu ändern.«

»Das ist zu gefährlich, Vera, verstehst du das nicht? Du hast selbst gesagt, dass der eine Biker eine Waffe zog.«

Sie schüttelt nur den Kopf. Vielleicht hat sie sich getäuscht. Vielleicht hat sie selbst die Übergabe vermasselt. Hat sich einschüchtern lassen. Wenn sie den Stoff einfach übergeben hätte … womöglich wollten die Typen sie nur unter Kontrolle halten.

»Okay, es tut mir leid. Ich hätte deinen Sohn nicht Arschloch nennen sollen. Trotzdem, glaub mir, ich habe lange genug im Drogenbusiness recherchiert: Wenn einer sein eigenes Ding drehen will, verzeiht die Gang das nie. Und der Einzelne ist immer schwächer. Selbst wenn er sich stark fühlt.«

Vera schlägt sich an die Stirn. Wieso ist sie nur nicht darauf gekommen? Das Prepaidhandy! Vielleicht ist es noch nicht zu spät, und sie kann Darius warnen. Hektisch kramt sie es aus der Tasche, schaltet es ein.

»Was hast du vor?«

»Darius anrufen. Er hat mir das Handy gegeben. Wenn …«

Mit zwei Schritten ist Robert bei ihr und nimmt ihr das Telefon aus der Hand.

»Damit lenkst du die Typen nur auf die richtige Spur.«

Sie entreißt ihm das Handy. »Das geht dich nichts an. Ich will nur Darius erreichen. Er wird drangehen.«

Robert weicht zurück. »Du kapierst es echt nicht. Schade eigentlich.«

Genervt starrt sie ihn an. Ihr fällt nichts ein, was sie ihm entgegenschleudern könnte. Sie will Darius warnen, schnallt er das nicht?

»Ich steige ab. Wenn du deine Meinung änderst, die Ex-Kollegin heißt Sandra Capovilla.«

Er wendet sich ab und verlässt die Hütte. Es geht so schnell, dass Vera erst nach Minuten begreift: Sie ist wieder allein.

Es ist Dienstag, der 8. Juli, 6 Uhr.

21.

Vera zieht die Tür hinter sich zu. Es ist kalt. Schnell schließt sie den Zipper ihrer Jacke bis oben und zieht den Wollschal fester. Der Wind pfeift ihr um die Ohren. Sie marschiert los. Erst mal Richtung Skilift. Von dort muss sie eigentlich nur den Plattkofel im Rücken haben, um irgendwann das Refugio zu finden, wo ihr, nein, wo Marias Motorrad steht.

Sie glaubt Robert kein Wort. Niemand wird die K100 auf dem Schirm haben. Warum hat er sich eigentlich so in ihre Geschichte reingesteigert? Ihn geht das alles nichts an. Das Kokain steckt in *ihrem* Rucksack. *Sie* schleppt es den felsigen Hang hinauf. Wolken ziehen an ihr vorbei, verschlucken sie, geben sie wieder frei, als sei Vera selbst ein Teil der Landschaft und nicht ein Mensch, der sich in ihr bewegt. Ab und zu lassen die weißen Wolkenfetzen den blauen Himmel durchscheinen. Hier einen Gipfel, dort einen Felsen. Man könnte sich einbilden, auf einem fremden

Planeten ausgesetzt zu sein. Schon atmet sie heftig vor Anstrengung. Viel früher als erwartet ragen hinter einer Felsenkuppe die Anlagen des Skilifts ins Bild. Hier hat sie gestern versucht, einen Platz zum Schlafen zu finden. Sich für ein paar Minuten in dem Plastikstuhl niedergelassen. Es kommt ihr vor, als sei das vor Wochen gewesen und nicht erst am Abend zuvor. Der Plastikstuhl ist auch noch da, er liegt nun im Gras, die Beine zur Seite.

Überrascht bleibt Vera stehen. Wahrscheinlich hat der Wind den Stuhl umgeworfen. Was hier oben nicht niet- und nagelfest ist, kann leicht verloren gehen.

Vera wandert weiter. Es fällt ihr nicht schwer, sich zu orientieren. Ob die Carabinieri auf den Passstraßen die Nummernschilder eines Motorrades kontrollieren? Und kann Robert seiner Ex-Kollegin den Standort der Maschine durchgegeben haben? Wäre das nicht sogar logisch? In dem Fall müsste sie damit rechnen, von der Polizei bereits erwartet zu werden. Oder Robert hat tatsächlich nur Erkundigungen eingeholt. Auf welcher Seite steht er bloß? So etwas wie Wehmut macht sich in Vera breit. Es hat ihr gutgetan, sich zu öffnen, wenigstens für eine kurze Weile.

Egal jetzt. Sie muss Irma finden und Darius warnen. Rasch nestelt sie nun doch das Handy aus der Jackentasche. Eben in der Hütte, als sie telefonieren wollte, gab es keinen Empfang. Jetzt hat es sofort ein Netz. Nur eine Nummer ist in der Kontaktliste gespeichert. Sie drückt auf »anrufen«.

Es tutet lange. Schließlich wird das Gespräch angenommen. Vera bleibt stehen. Sie hört keuchende Atemzüge.

»Darius?«, flüstert sie. »Hörst du mich? Ich bin es, Mama.«

Ein schepperndes Geräusch hallt laut in ihrem Ohr und lässt Vera zusammenfahren. Das Gespräch wird unterbrochen. Gleichmäßiges Tuten ist zu hören.

»Scheiße!« Sie schreit es in die Einsamkeit. Holt mit dem Arm aus, als wollte sie das Handy einfach wegwerfen, doch sie überlegt es sich anders. Wählt erneut.

Nichts. Niemand hebt ab.

Sie steckt das Handy in die Jackentasche. Was meinte Robert genau, als er behauptete, mit ihrem Anruf würde sie die Typen nur auf die richtige Spur lenken? Jetzt tut es ihr leid, dass sie ihn angeschrien hat. Sie hat einfach den Gedanken nicht ertragen, dass er Darius einen Kriminellen nannte. Einen, der den Tod von Menschen in Kauf nimmt, um Geschäfte zu machen.

Heute ist Dienstag. In drei Tagen muss sie eine dicke Geldsumme berappen. Um eine Wohnung zu bekommen. Die sie sich eigentlich nicht leisten kann. Indem sie bereit war, für Darius den Kurier zu spielen, hat auch sie den Tod von Menschen in Kauf genommen. Hat verdrängt, was das Koks aus den Junkies macht. Aber wo soll sie hin? Die nächsten Monate in einer Schutzhütte leben? Jeder Mensch muss doch irgendwo wohnen! Nie sah sie sich selbst der Obdachlosigkeit so nahe. Am Ende bleibt ihr nur das kleine Zweimannzelt.

Camping! Wären sie und Irma auf einen Campingplatz gefahren, hätten sie Maria nicht in die Sache reingezogen. Und den Menschen, der im Leichenwagen aus dem Hotel in Sankt Andrä weggebracht wurde. Hoffentlich war es nicht Christina! Vera schnappt nach Luft. Entsetzen und Schuldgefühle drücken ihr den Atem ab. Sie wollte Irma nicht das Zelten zumuten. Und sich selbst genauso wenig.

Die verdammten Junkies sind doch selbst schuld dran. Niemand hat sie gezwungen, sich Linie um Linie durch die Nase zu jagen.

Die Wolken reißen endgültig auf. Ein unerwarteter Blick über die Sellagruppe öffnet sich. Atemberaubend. Majestätisch. Die Schneereste glänzen in der Sonne. Ein Gedanke streift sie, nur ein kleiner Moment, ein Impuls, ungreifbar. Verschwindet. Kehrt wieder.

Mit einem Mal weiß sie, wo Irma sich versteckt. Wenn sie es geschafft hat zu entkommen.

Über sich, gar nicht so weit entfernt, sieht Vera einen Raubvogel kreisen.

Es ist Dienstag, der 8. Juli, 6.30 Uhr.

22.

Das Rifugio liegt in der hellen Sonne unter ihr. Vera hält darauf zu, die Straße entlang, die tagsüber erstaunlich stark befahren ist. Robuste Autos mit Dachsärgen rollen die Steigung hinauf. Bei Tageslicht wirken die Gipfel rundum viel näher als gestern Abend. Vera blickt zurück, zum Plattkofel. Wo Robert wohl jetzt unterwegs ist? Ob er seine ursprünglich geplante Klettertour macht? Im Prinzip ist es ihr egal. Sie bereut den Augenblick der Schwäche, in dem sie sich nicht mehr im Griff hatte und ihn in ihre Probleme einweihte. Sie läuft weiter, ein Stück die Straße entlang, sie fällt auf, als Einzige, die hier zu Fuß unterwegs ist. Die Pkw-Fahrer nehmen Rücksicht, weichen ein Stück aus. Beinahe ist sie erleichtert, dass so viel los ist. Wer kann sie hier mitten unter all den Ausflüglern und Wanderern aus dem Weg räumen?

Sie erreicht das Rifugio. In ganz kleinen Schritten geht sie den steilen Hang zu dem verwahrlosten Gebäude hinunter. Umrundet es. Das Motorrad steht noch da. Sie atmet tief durch. Niemand zu sehen. Sie befindet sich an der Seite der Hütte, die der Straße abgewandt ist. Der Helm steckt auch noch da, wo sie ihn zurückgelassen hat. Sie wischt Sand und Staub ab, setzt ihn auf. Startet das Bike. Behutsam tastet sie sich zur Straße. Gibt Gas.

Sie nimmt den Weg, den sie gestern gekommen ist. Alles wird zum Ausgangspunkt zurückgeführt. Reset. Gerät auf Werkseinstellungen zurücksetzen. Die Serpentinen ist sie nun schon gewohnt, es fällt ihr leichter noch als gestern, das Motorrad einfach laufen zu lassen und nur vor den Kurven zu bremsen, danach die Hangneigung auszunutzen, um Tempo zu machen. Als sie an einer Abzweigung den Weg nach Osten einschlägt, sieht sie einen Wegweiser nach Campitello di Fassa. Dorthin wollte Robert mit ihr absteigen, um anschließend mit dem Bus nach Bozen zu fahren.

Nein, sie hätte ihn nicht ins Vertrauen ziehen dürfen. Was sie angerichtet hat, wird sie auf ihre Art in Ordnung bringen, sofern das noch geht. Wenn sie richtig liegt, findet sie Irma in ein, zwei Stunden, je nach Verkehr. Anschließend wird sie sie in Sicherheit bringen und sich der Polizei stellen.

Wenn sie nur Darius erreichen könnte. Warum reagierte er nicht auf ihren Anruf? Konnte er nicht sprechen? Wieso? Roberts dunkle Andeutungen machen ihr zu schaffen. Aber sie schiebt die Ängste weg. Jetzt gilt es, Irma zu finden und aus der Zwangslage zu befreien, in die sie die alte Frau gebracht hat. Irma darf nicht in die Geschichte hineingezogen werden. Das könnte Vera sich nie verzeihen.

Je tiefer sie kommt, desto wärmer wird die Luft. Sie öffnet das Visier ihres Helms, um tief die Morgenluft einzuatmen. Niemand ist hinter ihr her. Ihre Verfolger haben aufgegeben.

Auch im Tal ist der Verkehr dicht. Sie schwimmt mit, behält die Straße hinter sich im Auge. Ihr fällt nichts Besonderes auf. Ein Bus fährt dicht auf, bis er im nächsten Ort in einer Haltebucht stehen bleibt.

*

Einen Kilometer von Sankt Georg entfernt hält Vera an. Orientiert sich. Von der Straße aus kann sie Marias Pension nicht sehen. Aber sie weiß, dass sie von dort oben den Ort im Blick hatte und sogar den Wald unten am Hang einsehen konnte. Ob die Leute hier Marias Motorrad kennen? Bestimmt hat sich die Nachricht vom Überfall auf Maria längst im Dorf verbreitet. Man wird die Augen offen halten, nachforschen, sich das Maul zerreißen. Besser, sie fährt nicht auf Marias Bike durch das Dorf.

Einzelne Höfe erstrecken sich unterhalb der Ortschaft. Schmale Zufahrtswege führen auf sie zu. Vera entdeckt einen Hof, der beidseitig von einem asphaltierten Weg zu erreichen ist, und kürzt auf diesem Weg ab, um die niedriger gelegene Straße zu erreichen. Der Hofhund bellt sie empört an, als sie am Haus vorbeibraust. Kein Mensch ist zu sehen. Es stehen auch keine Autos vor dem Haus. Wahrscheinlich sind alle weg, bei der Arbeit.

Weiter unten sieht sie einen Wirtschaftsweg von der Straße abzweigen. Sie biegt ab. Nach wenigen Metern endet die geteerte Oberfläche im Schotter. Vera hält an. Sie stellt den Motor aus und steigt ab. Vertritt sich die Beine. Viele Möglichkeiten gibt es nicht, einen so großen Campingwagen wie den, den sie von Marias Balkon aus gesehen haben, in den Wald zu fahren. Entschlossen schiebt Vera das Motorrad auf die Seite und versteckt es, so gut es geht, zwischen ein paar Sträuchern. Sie läuft los. Die Richtung muss stimmen. In einem, vielleicht auch zwei Kilometern wird sie einen Hinweis auf den Campingwagen finden. Von der Pension aus konnten sie das von ihm gespiegelte Licht ziemlich direkt unter sich sehen. In Veras Gedächtnis tönt Irmas Stimme: »Können Sie erkennen, was da in der Abendsonne glänzt?«

Der Wohnwagen der Künstlerin ist der einzige Anhaltspunkt, den sie hat.

Tatsächlich sieht sie ihn bereits nach einer Viertelstunde. Ein Weg führt rechts den Hang hoch und endet auf einer Art Plateau. Dass hier einmal ein Haus stand, merkt man an dem Palisadenzaun, der den Hang hält. Etwas unterhalb steht ein *Airstream* unter einem Nussbaum, einer von diesen amerikanischen Riesenwohnwagen aus unlackiertem Aluminium. Leicht genug, um trotz seiner Größe von einem Pkw gezogen zu werden. Die runde Form wirkt so retro in diesem Wald, so exotisch, dass Vera lächeln muss. Ein außerirdisches Monstrum am Berg. Beinahe, als wäre es aus der Luft angeliefert worden.

Sie läuft darauf zu. Vorhänge versperren den Blick durch die Fenster. Sie klopft an die Tür.

»Irma?« Laut hallt ihre Stimme im Wald. Unheimlich fast. Vera sieht sich gehetzt um. »Irma, sind Sie da drin? Ich bin es, Vera! Bitte machen Sie auf!« Sie hört selbst, wie flehentlich ihre Stimme klingt. Als sich nichts tut, rutscht ihr das Herz in die Hose. Sie hat so gehofft. Macht ein paar Schritte zurück. Etwas knallt laut. Eine Nuss, die auf den *Airstream* gefallen ist.

Plötzlich hört sie Geräusche von drinnen. Etwas schabt an der Tür. Sie wird einen Spalt aufgestoßen. Irmas blasses Gesicht kommt dahinter zum Vorschein.

»Oh mein Gott, Vera«, flüstert Irma. »Ich dachte, Sie wären tot.«

Es ist Dienstag, der 8. Juli, 8.30 Uhr.

23.

Im *Airstream* ist es heiß und stickig. Einen Großteil des Raums nehmen Stoffballen und Farbeimer ein, metallene Gefäße, auf denen Nummern und Warnhinweise aufgedruckt sind. Hinter einem winzigen Tisch steht eine Ausziehbank, auf der eine zerknitterte Decke liegt. Irma setzt sich schwerfällig. »Wo waren Sie so lange?«

»Ich kam zur Pension, gegen Abend, und da lag Maria … Die Reifen meines Wagens waren zerstochen. Ich hatte nur das Motorrad und eine Heidenangst. Also bin ich herumgefahren … Haben Sie hier geschlafen?«

»Ja.« Irma schüttelt den Kopf. »Ich kann es immer noch nicht glauben! Die arme Maria!«

»Haben Sie mitbekommen, was in der Pension passiert ist, Irma?«

»Ich habe einen Spaziergang gemacht. Am Nachmittag. Mittags hatte Maria noch eine Kleinigkeit gekocht. Und als ich zurückkam, sah ich ein Motorrad die Auffahrt vor der Pension hinunterrasen. Direkt an mir vorbei.« Irma drückt eine Hand auf ihr Herz. »Ich hatte ein ganz eigenartiges Gefühl. Als ich zur Pension zurückkam, sah ich Maria da liegen.«

»Sie hat überlebt. Mit einem Schädelbruch. Man hat sie nach Brixen ins Krankenhaus gebracht.«

»Gott sei Dank.« Irma sinkt auf das Ausziehbett. »Ich habe mir solche Vorwürfe gemacht. Ich habe nichts für Maria getan. Dachte, sie wäre tot. Habe mich umgedreht und bin wieder aus dem Haus. Wusste nicht, wohin. Ich dachte, die kommen zurück. Ich hätte auch Sie warnen müssen, Vera, aber ich wusste nicht, wie ich Sie erreichen soll.«

Vera blickt in Irmas graues erschöpftes Gesicht.

»Sie standen unter Schock.«

»Ich lief durch den ganzen Ort. Statt irgendwo zu klingeln und um Hilfe zu bitten, fiel mir dieser Wohnwagen ein. Wissen Sie noch? Wir haben ihn vom Balkon aus gesehen, und Maria sagte, er gehöre einer Künstlerin. Ich war wie ferngesteuert. Kam hierher. Der Wohnwagen war nicht mal verschlossen.« Sie holt tief Luft. »Wer sind diese Verrückten? Warum Maria?«

»Sie haben auch jemanden in dem Hotel in Sankt Andrä getötet.«

»Wen? Doch nicht Marias Enkelin?«

»Ich weiß es nicht.« Vera läuft es kalt den Rücken hinunter. Auch daran ist sie schuld. Außer Maria hat sie noch ein Menschenleben auf dem Gewissen. Durch ihre unbedachte Zusage an Darius. Nur das Geld hat sie interessiert. Ihre Misere mit der Wohnung kam ihr so schlimm vor, dass ihr Verstand aussetzte. Nun hat sie Marias Leben in Gefahr gebracht, Irmas, ihr eigenes, vielleicht sogar Roberts. Maria hat überlebt, aber wird sie wieder gesund, um selbstständig in ihrem Haus zu leben? »Es ist stickig hier drin.«

»Ich habe nicht gewagt, die Fenster zu öffnen. War wie in einer Ohnmacht. Saß da, bis es dunkel wurde. Zum Glück fand ich ein paar Flaschen Mineralwasser. Was bedeutet das alles, Vera?«

Vera betrachtet die alte Frau nachdenklich. Ihre traurigen Augen, das strähnige Haar …

»Ich fürchte, ich muss Ihnen etwas gestehen.« Sie zieht einen Hocker heran, setzt sich. Die Zunge klebt ihr am Gaumen.

»Was meinen Sie, um Himmels willen?«

»Es … Sie haben mich auf der Fahrt nach Darius gefragt. Wie es ihm geht. Ich muss leider sagen, dass er in schlechte Gesellschaft geraten ist.«

»Also …«

»Nein, warten Sie. Ich habe Ihnen auch von der Wohnung erzählt, die ich mieten möchte. Ich bekomme den Zuschlag nur, wenn ich eine Kaution hinterlege. Natürlich habe ich das Geld nicht. Ich sah keinen Ausweg. Rief Darius an. Er war so oft in Geldnöten. Immer wieder habe ich ihm etwas zugeschossen. Ich hatte die idiotische Hoffnung, dass er mir auch einmal helfen würde.«

Irmas Blick verändert sich. Die dumpfe Verzweiflung weicht glasklarer Aufmerksamkeit.

»Was ist passiert?«

»Er hat mir vier Kilo Kokain übergeben und mich gebeten, den Stoff an einem bestimmten Treffpunkt oberhalb von Bozen weiterzureichen.«

Irma schluckt.

»Ich habe nicht nachgedacht. Habe nur beschlossen: Das mache ich.« Vera spürt Tränen hinter den Augen, die Kehle wird ihr eng. »Wie konnte ich nur so verblödet sein? Ich habe Sie in Gefahr gebracht, indem ich Sie fragte, ob Sie mitfahren wollten. Dabei wollte ich nur nicht alleine sein. Ich dachte, zwei Frauen von unserem Schlag fallen nicht auf. Denen traut keiner zu, dass eine von ihnen ein Drogenkurier ist.«

»Meine Güte, Vera: vier Kilo Kokain? Wo hat Ihr Sohn die her?«

»Das ist es ja.« Vera weint nun. »Ich habe ihn verloren. Vor langer Zeit. Die Sache mit Walter … Ich habe Darius gedeckt. Hatte ein schlechtes Gewissen ihm gegenüber, weil er keinen Vater mehr hatte. Weil er miterleben musste, wie Walter sich umbrachte. Und dadurch habe ich verdrängt, wie schlimm es wirklich mit ihm war. Welche Freunde er hatte. Wo er mitmischte.« Sie denkt an Roberts Vortrag über Drogengangs.

Irma legt ihre Hand auf Veras. »Sie sind seine Mutter. Sie wollten immer sein Bestes.«

»Nur leider ist die Realität eine ganz andere. Ich habe mit meiner Gutmütigkeit nicht sein Bestes erreicht, sondern das Gegenteil.«

»Was hätten Sie denn tun sollen?« Irma steht auf, nimmt eine Flasche Wasser aus einem Fach und einen

Pappbecher. Stellt beides vor Vera hin. »Trinken Sie einen Schluck. Machen Sie sich nicht selbst kaputt.«

Irmas ruhiges Verständnis lässt Vera nur noch mehr Tränen über die Wangen rinnen. Etwas knallt laut über ihrem Kopf. Sie zuckt zusammen.

»Das sind die Nüsse. Manchmal fällt eine runter«, beruhigt Irma. »Sie wollten von Darius erzählen.«

»Er muss in eine Drogengang geraten sein. Anscheinend schon vor etlichen Jahren. Ich habe ihn heute früh auf dem Handy angerufen, das er mir mitgegeben hat. Für Notfälle. Jemand nahm ab, aber ich hörte nur keuchende Atemzüge.«

»Sie wissen nicht, ob es Darius war?«

»Nein!« Vera wischt die Tränen weg. Nimmt den Pappbecher und leert ihn in einem Zug.

Irma schenkt nach.

»Wahrscheinlich hat er seine Gang bestohlen. Hat vier Kilo abgezweigt und will sein eigenes Ding aufziehen. Die Typen werden ihm das nicht verzeihen. Womöglich haben sie ihn längst getötet.« Vera trinkt den zweiten Becher aus.

»Glauben Sie, dass Darius selbst Drogen nimmt?«

Vera glaubt gar nichts mehr. Im tiefen Inneren hat sie gespürt, auf welchen Pfaden ihr Sohn unterwegs ist. Der Darius mit den seidenweichen Wimpern. Dem sie nicht genug Schutz geben konnte, weshalb er ihn sich anderswo suchte.

»Es kann gar nicht anders sein. Jemand, der halbwegs seine fünf Sinne beisammen hat, schafft doch in so einem kriminellen Business nicht vier Kilo für sich beiseite.«

»Vera, mit vier Kilo baut man kein Geschäft auf.« Irma lächelt schief. »Das muss Ihnen doch auch klar sein.«

Für Sekunden wird Vera schwarz vor Augen. Sie sehnt sich nach frischer Luft, wie sie sie heute Nacht vor der Schutzhütte geatmet hat, bevor Robert öffnete. Bevor er ihre irrige Annahme entwerten konnte, dass sie nur einmal ein bisschen Koks übergeben würde und dann nie wieder. Bevor sie erkannte, worin ihre eigentliche Schuld lag: die Augen verschlossen zu haben vor Darius' Tun.

»Wo haben Sie die Nacht verbracht?«, fragt Irma.

»Auf einer Schutzhütte. Hoch oben.« Sie will von Robert erzählen, doch die Worte bleiben ihr im Hals stecken. Die Sonne steigt immer höher, beinahe minütlich wird es wärmer in dem Wohnwagen.

Irma sagt: »Wir müssen uns stellen.«

»Wir?« Vera lacht auf. »*Ich* muss mich stellen. Ehrlich gesagt hätte ich das längst tun soll, anstatt wie eine Geistesgestörte in der Gegend herumzukurven.«

Robert hat ihr eine Brücke gebaut; sie hat sie abgelehnt.

»Ich wollte Sie finden, Irma. Und dann kam mir mit einem Mal der Gedanke, wo Sie stecken könnten.«

Irma streckt ihr die Hand hin. »Sagen wir ›du‹. Ich bin Irma.«

Vera spürt den Drang, laut loszulachen. »Vera.« So einen irrsinnigen Moment zu wählen, um sich das Du anzubieten! Doch ein Geräusch lenkt sie ab, von dem sie sicher ist, dass es nicht hierhergehört. Der Motor eines starken Wagens nähert sich.

»Da kommt jemand«, flüstert Irma. »Ob das die Künstlerin ist, die Besitzerin des Wohnwagens?«

Vera sackt alles Blut in die Füße. Ihr wird schwindelig. In dem Augenblick, in dem sie glaubt, ohnmächtig zu werden, denkt sie nur: Das kann nie und nimmer die Künstlerin sein.

Es ist Dienstag, der 8. Juli. 9.30 Uhr.

24.

»Raus!«

Sie sind zu dritt.

Zwei haben Pistolen, die sie auf Irma und Vera richten. Der Dritte steht locker in der Tür des *Airstream*, die Hände in den Hosentaschen.

Sie sind schwarz gekleidet, tragen Gesichtsmasken.

Vera sitzt immer noch auf dem Hocker, während Irma aufgestanden ist. Der Typ ohne Waffe macht einen Schritt auf sie zu. »Ganz schön warm haben die Damen es hier.« Er wendet sich an Vera. »Wo ist der Stoff?«

Kraftlos hebt Vera den Rucksack vom Boden auf. Beinahe behutsam nimmt der Mann ihn ihr aus der Hand. Auf seinen Fingern sieht sie tätowierte Buchstaben. D-E-A-D. Dead. Tot.

Er löst die Riemen und zieht die Tüte heraus.

»Das hat einiges an Gewicht. Ich nehme an, die Damen haben sich bereits bedient?«

»Nein, haben wir nicht.«

Der Mann lacht. Sein Lachen gefällt Vera nicht. Ihr sträuben sich die Nackenhaare.

Er packt ihr Genick und drückt ihren Kopf nach unten.

»Ich zögere nicht, glaub mir, du dumme Pute. Wo ist Darius?«

»Ich weiß es nicht.«

Er drückt fester. Veras Genick knackt. Sie stöhnt leise. »Ich weiß es nicht. Ich habe versucht, ihn anzurufen.«

»Das haben wir mitgekriegt.« Er lässt sie los. »War übrigens eine gute Idee, auf diese Weise hatten wir eine Handynummer, die wir orten konnten.« Er lacht überheblich. »Kann man alles machen, wenn man weiß, wie es geht. Anders als Darius. Der hat in seinem überreizten Hirn ein paar Stellschrauben falsch rum gedreht.«

Vera reibt ihr Genick. Vor ihren Augen tanzen rote Punkte.

Der Mann reicht einem von den Bewaffneten den Rucksack. Der geht hinaus.

Vera wirft einen Blick durch das Fenster. Auf dem Schotterweg steht ein Geländewagen. Die Fenster sind heruntergekurbelt. Jemand sitzt am Steuer. Der Mann, der ihren Rucksack in Empfang genommen hat, legt ihn auf den Beifahrersitz und kommt zurück. In der einen Hand trägt er einen Kanister. Nun steigt auch der Fahrer aus und holt ein paar Gegenstände aus dem Kofferraum. Die beiden gehen auf den *Airstream* zu.

»Hat mich gefreut!« Der Typ legt die Hand an eine imaginäre Mütze und winkt dem zweiten Mann, der seine Waffe wegsteckt.

»Moment!«, schreit Vera. »Was habt ihr mit Darius gemacht?«

»Wir? Gar nichts. Das ist nicht unsere Sache. Für Darius sind andere zuständig. Wir spielen nach den Regeln. Wer das nicht tut, kriegt Ärger.«

Vera wirft sich auf den Mann, trommelt auf seine Brust, schreit ihn an, doch er macht nur eine winzige Bewegung und schleudert sie von sich. Sie stürzt gegen den Tisch, der unter ihr zusammenklappt. Neben ihr fällt die Mineralwasserflasche zu Boden.

»Dumme Pute«, brummt er, als habe er ein lästiges Insekt zermalmt.

Er springt aus dem *Airstream*. Mit einem Rumms schlägt die Tür zu, wird verrammelt.

»Vera, um Gottes willen«, flüstert Irma. Sie ist weiß im Gesicht.

Mit ein paar Handgriffen verbarrikadieren die Männer die Fenster. Schlagartig wird es dunkel im Wohnwagen.

Vera rappelt sich auf und stürzt zur Tür. Rüttelt daran. Nichts zu machen, sie bewegt sich nicht, kein Stück. Der Motor des Geländewagens springt an. Über das laute Brummen hinweg hört Vera etwas gluckern.

Es ist Dienstag, der 8. Juli, 10.15 Uhr.

25.

Qualm dringt durch die Ritzen der Tür. Beißend verbreitet er sich im Wohnwagen. Wie betäubt steht Vera im Dunkeln. Sie werden sterben. Verbrennen, bei lebendigem Leib. Sie hat Krimis im Fernsehen gesehen mit schrecklichen Leichen, verkohlt und geschrumpft, mit an den Körper gezogenen Arm- und Beinstümpfen. Trotz der Angst ist sie im Kopf ganz klar.

Es ist das Ende.

»Vera!«

Sie hört Irmas Stimme durch den Rauch.

»Vera!« Irma drückt ihr ein nasses Tuch aufs Gesicht. »Binde das fest.«

Vera gehorcht, obwohl sie weiß: Es wird nichts helfen. Sie werden sterben.

Flammen züngeln an den Fenstern.

Vera hört, wie Irma an irgendeinem Möbel rückt. Augenblicke später packt sie Vera am Arm und zieht sie hoch. Sie balancieren zu zweit auf dem Ausziehbett.

»Was …«, beginnt Vera.

»Ich habe dir doch erzählt, dass Werner und ich manchmal campen waren. Einmal liehen wir so einen *Airstream*. Das Modell hat eine Dachluke.«

Schon drückt sie mit den Händen gegen die Decke. »Hilf mir. Wir müssen die Luke finden!«

Während Irma systematisch tastet, fährt Vera mit den Händen völlig planlos die Decke des Wohnwagens entlang. Es ist zu dunkel, um etwas zu sehen, und der Rauch beißt dermaßen in den Augen, dass sie die Lider fest zukneift.

»Warte. Ich weiß nicht genau, wo die Luke ist. Vielleicht hinten bei den Stoffen. Ich glaube, sie war weiter hinten. Runter!«

Vera springt, im Dunkeln findet sie Irmas Hände und hilft ihr herunter.

Es wird unerträglich heiß im *Airstream*. Viel Luft haben sie nicht mehr. Etwas platzt, sofort wird die Hitze intensiver. Hustend verschieben sie das Ausziehsofa ein Stück, stoßen gegen etwas. Wahrscheinlich einen Stoffballen.

Das bringt Vera auf eine Idee. Sie backt einen Ballen und schiebt ihn vor die Tür. Sofort lässt die Hitze nach. Vielleicht bildet sie es sich auch nur ein. Es gelingt ihr, einen zweiten Ballen gegen ein Fenster zu lehnen. Überall dieser grauenvolle Rauch! Das Tuch um ihren Mund ist bereits staubtrocken. Etwas schrappt über den Boden. Ihr Kopf brummt. Sie bekommt kaum noch Luft.

»Vera!«

Keuchend tastet Vera sich durch den Rauch. Rote Punkte tauchen vor ihren Augen auf. »Wo bist du?«, stöhnt sie.

»Ich habe die Luke gefunden. Aber ich komme nicht richtig ran.«

Etwas knackt. Dann dringt von der Decke Licht in den Wohnwagen. Sonnenlicht, verdunkelt von Rauch, doch eindeutig Sonnenlicht.

Vera weiß nun, was zu tun ist. Sie wuchtet einen weiteren Stoffballen neben Irma auf das Bett. Irma gerät ins Wanken, klammert sich an der Decke des *Airstreams* fest. Die Luke steht einen guten Spaltbreit offen. Das ist nicht genug, sie passen nicht durch.

»Ich kriege sie nur auf kipp«, ächzt Irma.

Vera greift nach der Wasserflasche, die neben ihren Füßen auf dem Boden liegt. Steigt zu Irma auf den Stoffballen.

»Halt mich fest.«

Mit voller Kraft schlägt sie die halbvolle Flasche gegen die Scharniere. Eines knackt verdächtig, gibt nach. Vera hämmert die Flasche gegen das zweite. Jetzt steht die Luke halb offen, aber der Spalt ist immer noch zu schmal, um hindurchzukriechen. Sie drischt auf das Scharnier ein. Plötzlich ein ohrenbetäubender Krach. Die Tür des Wohnwagens schlägt nach innen auf. Flammen erfüllen den Innenraum. Schon züngeln sie über den Boden und an der Wand entlang.

»Vera! Mach schnell!«, schreit Irma.

Die Panik in ihrer Stimme spornt Vera an. Sie schlägt die Flasche gegen das widerspenstige Scharnier. Es birst, und zugleich zersplittert die Flasche. Ein Scherbenregen geht auf Veras Gesicht nieder. Sie kneift die Augen zusammen.

»Los!«

Irma stemmt sich hoch, rutscht ab, Vera schiebt nach. Die Flammen setzen das Ausziehbett in Brand, sie tritt mit den Füßen nach ihnen, als wären es blutdürstende Raubtiere. Diese Hitze! Irma gleitet zweimal ab, ehe sie endlich auf dem Dach Halt findet und die Beine nachzieht. Ihre ausgestreckte Hand packend, schwingt Vera sich hoch. Sie hustet, ihr ist schlecht, ihr schwindelt. Das Sonnenlicht draußen und die Zweige des Nussbaums verheißen Rettung.

»Komm schnell! Das Dach ist glühend heiß!«, hört sie Irmas Stimme.

Die Flammen haben Veras Schuh erreicht. Wütend tritt sie ins Nichts, als sie sich neben Irma auf das Dach zieht. Rundum Flammen. Rauch.

»Wir müssen hier runter!«

Sie richten sich beide zugleich auf. Halten sich an den Händen. Springen, landen auf Waldboden, der bereits von fliegender Glut entfacht wurde. Zwischen ihren Füßen qualmt es.

»Renn!«

Vera zieht Irma mit sich, zwischen die Bäume. Hinter ihnen verpufft etwas. Vera denkt an die Farbeimer im *Airstream*. Eine Druckwelle schleudert sie ein paar

Meter weiter, wo sie zu Boden geht. Längst hat sie Irmas Hand losgelassen.

»Irma?«, ächzt sie.

Es kommt keine Antwort.

Alles wird schwarz.

Es ist Dienstag, der 8. Juli, 10.45 Uhr.

26.

Sirenen mischen den stillen Wald auf. Vera blinzelt. Grelles Licht blendet sie. Ihre Augen brennen, in ihrem Gesicht klebt etwas unangenehm auf der Haut. Sie hebt den Kopf. Irma liegt ein paar Meter weiter auf dem Waldboden. Es riecht nach Rauch. Flammen züngeln. Ehe sie wach genug ist, um in Panik zu geraten, wird wieder alles dunkel um sie.

Als sie das nächste Mal die Augen öffnet, liegt sie in einem hell erleuchteten Gehäuse. Jemand fährt mit etwas Feuchtem über ihr Gesicht.

»Hören Sie mich?«

Ein jugendliches Gesicht mit Stupsnase und unglaublich hellblauen Augen beugt sich über sie. Darüber ein Meckischnitt.

»Hallo!« Der junge Mann grinst Vera freundlich an. »Nicht wieder einschlafen.«

»Irma?«

»Die andere Dame liegt im Rettungswagen nebenan. Sie hat eine schwere Rauchvergiftung. Die Kollegen fahren sie gleich ins Spital.«

Vera schließt die Augen.

»Bleiben Sie bei uns!« Der Sanitäter tätschelt ihre Wangen. Er stellt Fragen. Feuert sie ab wie Geschosse, die einen unbarmherzig herannahenden Feind zur Strecke bringen sollen. Wie heißen Sie Ist das Ihr Wohnwagen Ist Ihnen übel oder schwindelig Haben Sie Atembeschwerden oder Kopfschmerzen Wissen Sie welcher Tag heute ist?

Vera fühlt sich außerstande, auch nur eine einzige davon zu beantworten. Sie hebt die Hand.

»Was ist da so klebrig in meinem Gesicht?«

»Getrocknetes Blut. Und Desinfektionsmittel. Sie haben eine Menge Schnitte um die Nase herum. Auch an der Stirn. Von Glassplittern. Die haben wir rausgepickt, keine Sorge.«

Stück für Stück macht sich die Erinnerung bemerkbar. Der Wohnwagen, die Typen, die das Kokain mitgenommen haben, sie eingesperrt und den Wagen in Brand gesteckt haben. Die Angst um Darius.

Darius!

Sie muss seinen Namen laut gesagt haben, denn der Sanitäter fragt:

»Darius? War noch jemand in dem *Airstream*?«

Vera achtet nicht auf ihn. Darius ist in schrecklicher Gefahr. Er ist nicht ans Handy gegangen, als sie ihn heute sehr früh angerufen hat. Jemand anders muss den

Anruf angenommen haben. War das wirklich erst vor ein paar Stunden?

»Wie spät ist es?«

»11.30 Uhr.« Sie spürt den prüfenden Blick des Sanitäters auf sich. »Der Notarzt ist noch mit Ihrer Freundin beschäftigt. Gleich hat er für Sie Zeit.«

Ohne Irma wäre ich aus dem Wohnwagen nicht rausgekommen. Sie wusste, dass es eine Dachluke gibt. Vera schließt die Augen und stöhnt leise. Sie würde so gern schlafen, tief und fest schlafen. Der Sanitäter greift nach ihrem Arm und misst den Puls. Jemand anderes steigt in die Ambulanz.

»Vernehmungsfähig?«, fragt eine tiefe Stimme.

»Im Augenblick noch nicht. Vielleicht in einer Stunde. Der Puls ist leicht erhöht. Kreislauf stabil«, meldet der stupsnasige junge Mann. »Die Verletzungen im Gesicht sind keine tiefen Schnitte. Sieht schlimmer aus, als es ist, trotzdem habe ich ihr ein Schmerzmittel gegeben. Ich frage noch den Doktor, aber ich schätze, wir werden zur Sicherheit einen Augenarzt hinzuziehen. In der Klinik.«

Die zweite Person verlässt den Rettungswagen.

Augenarzt? Vera blinzelt. Sie kann sehen, wenngleich ihre Augen brennen und das Licht sie blendet.

»Entschuldigen Sie, haben Sie ein Handy? Eines mit Internet?«

»Klar, wieso?«

»Könnten Sie eine …«, Vera zögert kurz, »… eine Freundin von mir verständigen? Ich weiß nur die Nummer nicht auswendig.«

»Logisch, gar kein Problem.« Der Sanitäter scheint richtig froh zu sein, dass er etwas für Vera tun kann, nachdem er die wichtigsten medizinischen Dinge erledigt hat. »Wie heißt Ihre Freundin denn?«

»Sandra Capovilla. Aus Bozen.«

Der Sanitäter tippt auf seinem Handy herum.

»Ich habe die Nummer.«

»Bitte richten Sie ihr aus, Vera Roberts braucht ihre Hilfe.« Vera hofft, dass Sandra Capovilla kapiert, worum es geht.

»Wenn's weiter nichts ist.« Er wählt bereits. »Hallo? Spreche ich mit Sandra Capovilla? Ihre Freundin Vera Roberts hatte einen Unfall und bat mich, Sie zu verständigen. Sie braucht Ihre Hilfe.« Er hört kurz zu, dann sagt er: »Ins Krankenhaus Brixen. Selbstverständlich, sie wird stationär aufgenommen. Sie können sie besuchen.« Er legt auf.

»Viele Grüße von Sandra!«, sagt er freundlich zu Vera.

»Danke.«

»Klaus?«, ruft jemand.

»Ich komme gleich wieder zu Ihnen.« Der Sanitäter legt sein Handy auf die Ablage neben Vera und hüpft aus der Ambulanz.

Ein netter Kerl, dieser Klaus, denkt Vera, während sie bereits das Handy nimmt und auf Wahlwiederholung drückt.

»Ja, was ist noch?«, fragt eine heisere Stimme am anderen Ende der Leitung.

»Hier spricht Vera.«

»Ach.«

Vera bemerkt erst jetzt, wie rau ihre Stimme ist. Zerfressen von dem ganzen Rauch, den sie eingeatmet hat. Vielleicht hat sie auch wie am Spieß geschrien. Eilig sagt sie:

»Robert hat Sie in meine Geschichte eingeweiht. Wo kann ich Sie treffen?«

»Sie werden doch ins Krankenhaus gebracht.«

»Das ist zu gefährlich. Die Drogentypen wollten meine Freundin und mich umbringen. Sie haben uns in einen Camper eingeschlossen und ihn in Brand gesteckt. Es war irres Glück, dass wir entkommen sind.«

»Madonna!« Ein Feuerzeug klickt.

Draußen redet Klaus mit einer Frau, deren Dialekt Vera kaum versteht.

»Wo kann ich Sie treffen?«, fragt sie atemlos.

»Ich bin gerade bei einem Termin im Grödnertal. Kommen Sie nach Sankt Ulrich. An die Talstation der Umlaufbahn zur Seiser Alm.«

»Okay.« Vera legt das Handy weg. Sie richtet sich auf. In ihrem linken Arm steckt eine Nadel. Die Flüssigkeit aus der Infusionsflasche ist längst in ihre Vene gelaufen. Sie schließt das Ventil. Löst das Pflaster, das die Nadel in Position hält. Mit einem Ruck zieht sie die Nadel aus ihrem Arm und lässt sie am Schlauch hängen. Mit dem Daumen drückt sie auf die blutende Stelle. Ungelenk steht sie auf und lugt aus dem Rettungswagen. Um sie herum Polizei, noch ein Krankenwagen, ein Notarztwagen, das ausgebrannte Wrack des *Airstreams* und eine

Menge Leute, die emsig ihre Aufgaben erledigen. Langsam steigt Vera aus und wendet sich dem Zufahrtsweg zu. Sie setzt einfach Fuß vor Fuß, steckt die Hände in die Taschen, wo sie den Motorradschlüssel fühlt. Niemand achtet auf sie. Sobald sie zwischen den Bäumen verschwinden kann, rennt sie. Das Bike steht noch hinter dem Busch, wo sie es versteckt hat.

Es ist Dienstag, der 8. Juli, 11.45 Uhr.

27.

Vera steuert das Motorrad ins Grödnertal. Langsam fährt sie auf der gewundenen Straße durch die schattige Schlucht. Neben ihr schäumt ein Bach, die Luft ist klar, die Temperaturen steigen. Während sie sich höher und höher schlängelt, verfolgt von Pkws mit Freizeitausrüstung auf dem Dach, ab und zu eine Gruppe Radfahrer überholend, brennt die Sonne auf ihre Jacke. Das helle Licht macht ihr zu schaffen, immer wieder wollen ihre Lider sich schließen. Die Augen brennen immer noch, der Rauch muss ihnen übel mitgespielt haben.

Vor 24 Stunden ist die Übergabe geplatzt. Seitdem haben Unbekannte zweimal versucht, sie umzubringen. Jedes Mal ist sie entkommen. Doch es wird nicht lange dauern, bis die Typen herausfinden, dass sie noch am Leben ist. Ob sie noch einmal so viel Glück hat? Sie verbietet sich den Gedanken an den brennenden *Airstream*, die Hitze, den beißenden Qualm und die Panik. Wie es ihr gelingen konnte, mit einer Mineralwasserflasche die Scharniere zu brechen, will ihr nicht in den Kopf. Wenn die Flasche aus Plastik und nicht aus Glas gewesen wäre …

Was ist nur mit Darius?

Sie kontrolliert den Rückspiegel. Keine weiteren Motorräder. Auch die Autos sehen nicht weiter verdächtig aus. Urlauber eben. Ein verlockender Gedanke, einfach eine Wanderung zu unternehmen oder die nackten Füße in den Bach zu halten.

Sankt Ulrich kommt in Sicht. Touristisch ist es hier, mit vielen großen Hotels und aggressiver Werbung für Schnitzerei-Werkstätten und Südtiroler Speck. Ein Holzlaster donnert ihr entgegen, Vera schreckt aus ihren Träumereien. Sie ist unendlich müde. Vielleicht weiß Sandra Capovilla Rat. Kann sie irgendwo verstecken. Nur damit sie ein bisschen schlafen kann, zwei, drei Stunden.

Hoffentlich geht es Irma einigermaßen. Vera schluckt die Schuldgefühle hinunter, studiert die Hinweisschilder. Die Umlaufbahn zur Seiser Alm ist angeschrieben, doch Vera fährt nicht direkt hin, sondern kurvt durch den Ort, wo sie das Bike im Schatten eines Cafés abstellt. Ohne den Helm abzunehmen, macht sie sich auf den Weg zur Talstation, eine Fußgängerbrücke führt über die Hauptstraße, auf der sich nun der Verkehr staut.

Eine lange Schlange steht vor der Kasse und am Eingang zur Station. Unsicher sieht Vera sich um. Nimmt den Helm ab, reiht sich ein. Ab und zu wirft jemand einen Blick auf ihr zerschundenes Gesicht und schreckt sichtlich zurück. Langsam rückt sie vor. Wie sieht Sandra aus? Vera hat keine Ahnung. Muss sich darauf verlassen, dass Sandra sie erkennt. Ein wenig Bargeld hat sie noch, zum Glück steckt das Portemonnaie in der Jackentasche.

Da hakt sich jemand bei ihr ein.

»Hallo, Vera!«

Der Schreck klingt nur langsam ab. Mühsam bringt Vera heraus: »Hallo, Sandra.«

»Ja, ich bin es. Ich habe uns Tickets gekauft. Hier.«

Sie reicht Vera die Fahrkarte. Kurze, dicke Finger. Eine kleine Frau, die Mundschutz trägt. Sie tippt darauf: »Der ideale Trick. Wir wollen doch eine Gondel für uns?« Sie hustet ausgiebig. Der Husten klingt echt.

»Ja, wäre sinnvoll.« Vera schätzt ihr Gegenüber auf etwa 60 Jahre. Vielleicht auch ein bisschen älter. Sandra setzt eine Sonnenbrille auf. Um ihre runde Taille hat sie eine Bauchtasche geschnallt.

»Tolles Wetter heute. Traumhaft.«

»Ideal, wenn man Urlaub hätte.«

»Schönes Wetter spielt einem immer in die Hände. Stell dir mal vor, es würde Bindfäden regnen. Wie geht es Robert?«

»Ich weiß es nicht.«

»Du hast seinen Plan sabotiert?«

»Hat er Sie angerufen?«

»In der Nacht, ja. Wir wollten uns treffen, ursprünglich, doch es kam keine Nachricht mehr von ihm. Na ja, bin ich halt zu einem anderen Termin gefahren.«

»Ich muss meinen Sohn …«

»Stop, meine Liebe. Warten wir, bis wir in luftiger Höhe schweben.«

Vera schweigt, während Sandra wie ein Wasserfall redet. Über aktuelle und vergangene Termine, Interviews, Besprechungen, Artikel. Die Themen scheinen ihr nie auszugehen. Zwischendurch kramt sie Kaugummi aus der Bauchtasche und schiebt ihn sich unter der Gesichtsmaske durch in den Mund. Endlich stehen sie an der Bahn. Steigen in die nächste freie Gondel. Zwei Männer mit einem Hund wollen zu ihnen einsteigen, aber Sandra hustet so röhrend, dass die beiden Abstand nehmen. Die Türen der Gondel schließen sich automatisch. Schaukelnd setzt sich die gläserne Kapsel in Bewegung.

»Also. Dann mal Tacheles.« Sandra reißt sich den Mundschutz runter. »Was ist seit gestern passiert?«

»Robert wollte mich zu Ihnen bringen. Leider … nun, ich weigerte mich.«

»Bleiben wir beim Du, Schätzchen.« Sandra lächelt, während sie einen Notizblock aus ihrer Bauchtasche zieht. »Du hast eine gute Viertelstunde. Dann sind wir oben.«

Vera beschließt, in der Chronologie rückwärts zu gehen. Sie berichtet von den Typen im Camper, wie sie und Irma sich in letzter Sekunde befreiten und sie wenig später aus dem Ambulanzwagen entkam. Anschließend erzählt sie von der Schutzhütte. Wendet sich der gescheiterten Übergabe zu, spricht über Darius und wie sie ihn anrief, um ihn um Geld zu bitten. Schließlich unterbricht Sandra sie:

»Guck mal runter.«

Vera, die gar nicht auf die Umgebung geachtet hat, blickt zurück ins Tal: Tief unter ihr liegt Sankt Ulrich, grell und bunt wie ein Häufchen Süßigkeiten inmitten der dunkelgrünen Wälder.

»Alles für den Tourismus. Hat mal anders ausgesehen hier. Aber ohne die Urlauber überleben wir nicht. Jedenfalls nicht auf so hohem Niveau.« Sie steht auf und stemmt die beiden Fensterchen neben den Gondeltüren auf. Sofort dringt kalte, frische Luft herein. »Ah, herrlich. Hast du eine Vorstellung, wo dein Sohn jetzt ist?«

»Ich habe ihn heute Morgen auf dem Prepaidhandy angerufen, das er mir mitgegeben hat. Der Anruf wurde angenommen. Nur nicht von Darius.«

»Woher weißt du das?«

»Weil er nichts sagte. Ich flehte ihn an, ein Lebenszeichen zu geben. Ich hörte nur Atemzüge.«

»Das sieht nicht gut aus.«

Vera rutscht das Herz in die Hose. Sandras Selbstsicherheit hat ihr für eine kleine Weile das Gefühl gegeben, die Sache sei in Ordnung zu bringen.

»Du bist aufgeflogen. Und zwar, *nachdem* sie deinem Sohn auf die Spur gekommen sind. Leuchtet doch ein, oder? Wozu hätten sie sonst versuchen sollen, dir das Licht auszublasen?« Sandra holt Zigaretten und Feuerzeug aus der Bauchtasche. Es klickt. Sie inhaliert tief. »In dem Milieu bleibt nichts ungesühnt, Vera. Dein Sohn mag sich in der Hierarchie des Drogensyndikats hochgearbeitet haben. Aber nicht so weit nach oben, dass er selbstständige Entscheidungen treffen könnte. Und ein Geschäft abzuschließen, ist immer eine selbstständige Entscheidung. Ich habe mehr als 30 Jahre Erfahrung im Drogenbusiness. Habe mit Polizisten, Kriminellen, Informanten und Überläufern geredet. Es läuft immer gleich ab: Ein Jugendlicher wächst rein in das Kartell. Übernimmt kleine Aufgaben. Wenn er sich nicht dumm anstellt, rutscht er die Leiter hoch. Bildet vielleicht ein kleines Team um sich. Dein Sohn hat es allem Anschein nach noch nicht so weit gebracht.«

»Woher willst du das wissen?«

Sandra pustet den Rauch aus dem schmalen Fensterchen. Sie haben die Hälfte der Strecke zurückgelegt. Zwischen Himmel und Erde. Tief unter ihnen steht Wald. Ab und zu sieht man ein Gatter. Ein Wanderweg schlängelt sich den Hang hoch.

»Keiner von denen holt seine Mutter ins Boot. Never.«

Vera starrt auf ihre Hände. Eigentlich hat sie Höhenangst, aber jetzt schnürt ihr etwas anderes die Kehle zu.

»Du meinst, er war schon in Schwierigkeiten, als er mir anbot, den Kurier zu machen?«

»In immensen Schwierigkeiten. Genauer gesagt: in der Hölle.« Sandra raucht die Zigarette bis zum Filter und lässt sie dann verglimmen. Anschließend fördert sie einen Taschenaschenbecher zutage und lässt die Kippe darin verschwinden.

»Ich habe ihn wirklich nur angerufen, um ihn zu fragen, ob er mir Geld leiht.«

»Sicher, ab und zu möchte man sich ja mit seinem erwachsenen Kind unterhalten.« Sandra winkt ab.

Vera fällt auf, wie verhärmt sie aussieht. Tiefe Falten ziehen sich um den Mund. Am Dekolleté hängt welke Haut.

»Du hast dich bei ihm zu einem Zeitpunkt gemeldet, wo ihm klar wurde, dass er in einer Zwangslage steckt. Er hatte das Kokain an sich genommen. Wo er es abgezweigt hat, lassen wir mal offen, aber er hatte ganz sicher einen Anfall von Größenwahn, als er die Finger langgemacht hat. Verstehst du, der Stoff wird ja nicht regelmäßig vom Milchmann vor die Tür gelegt. Wenn eine Lieferung erwartet wird, das Zeug auf der Straße ist, herrscht Gefahrenstufe rot. Höchste Eile ist geboten. Da stehen alle in Habachtstellung, damit nichts schiefgeht.«

»Und in so einem Moment hat Darius die vier Kilo beiseitegeschafft?«

»Oder mehr.«

Plötzlich geht ein Zucken durch die Gondel. Die Bahn bewegt sich nicht mehr. Zehn Meter über der Erde baumeln sie fröhlich hin und her.

»Was ist da los?« Vera springt auf. Dadurch schaukelt der Boden unter ihr noch mehr.

»Gemach, gemach. Kommt manchmal vor. Die Bergbahnen hier laufen astrein. Keine Sorge.« Hustend nimmt Sandra eine neue Zigarette zwischen die Finger. Lässt das Feuerzeug klicken.

Vera späht den Berg hinauf. Etwa zwei Drittel der Strecke haben sie hinter sich gebracht. Ihr Herz beginnt zu rasen. Ist das der dritte Anschlag? Der Moment, in dem sie sich nicht mehr befreien kann? Und wieder einen Unschuldigen mitreißt – diesmal die Reporterin mit dem Raucherhusten?

»Um auf deine Frage zurückzukommen: wahrscheinlich in so einem Moment, ja. Anzunehmen, dass dein Sohn die Aufgabe hatte, die Anlieferung größerer Mengen zu organisieren. Dabei wird Logistik gebraucht: Transporteure, Aufpasser, Kommunikationsleute, Ausspäher. Und in einem Drogenkartell gibt es immer mal wieder undichte Stellen. Leute, die als Informanten für die Polizei was dazuverdienen. Wenn auch nicht für lange Zeit. Einer meiner besten Informanten ist erst vor einem halben Jahr umgelegt worden. Der war einfach zu naseweis. Unbedingte Loyalität ist gefordert. Ich will damit sagen: Es gibt auch Gangmitglieder, die den Innengeheimdienst übernehmen. Erschnüffeln, wer womöglich sein eigenes Ding dreht.«

»Du meinst, er wurde verpfiffen?«

Die Reporterin zuckt die Achseln. »Wäre möglich.«

»Robert sagte, das Kokain wäre ungestreckt. So, wie es normalerweise aus Südamerika eingeschleust wird.«

»Hm«, macht Sandra. »Eigenartig.«

»Warum tut sich nichts?« Nur mühsam kann Vera die Panik unterdrücken. Sie presst die Handflächen gegen die Gondeltür.

»Geduld! Wir fahren gleich weiter.« Sandra blickt in die Weite, ohne die Aussicht auf das Grödnertal und die Gipfel, die sich ringsum erheben, wirklich wahrzunehmen.

»Ich hätte nie zusagen dürfen. Aber ich brauchte Geld.«

»Jeder von uns braucht Geld. Das ist nichts Besonderes.« Sandra saugt gierig den Rauch ein. »Dringender als Geld brauchst *du* jetzt allerdings einen sicheren Ort.«

Vera hört nicht richtig zu.

»Was meintest du vorhin? Als du sagtest, dass Darius in immensen Schwierigkeiten steckt?«

»Weil er nie einen Außenstehenden mit so einem Auftrag losgeschickt hätte, wenn er bei klarem Verstand Schrägstrich in einer halbwegs entspannten Lage gewesen wäre. Ich kann mir außerdem kaum vorstellen, dass er nur auf sich selbst gestellt so ein Ding durchziehen wollte. Wahrscheinlich hat er einen Komplizen. Hat einen Kumpel überzeugt mitzumachen bei einem eigenen kleinen Geschäft. Sie haben Pläne gemacht, dann bekam der Kumpel kalte Füße. Schwupp stand Darius allein da. Und auf Verräter wartet nichts Gutes.«

»Ich muss ihm helfen, Sandra«, flüstert Vera. »Ich bin seine Mutter, ich muss wenigstens wissen, wo er steckt und was gerade mit ihm passiert.«

Sandras zweifelnder Blick lässt sogar die Angst wegen des Stillstands der Bergbahn verblassen.

Mit einem Ruck setzt sich die Gondel wieder in Bewegung.

Es ist Dienstag, der 8. Juli, 13 Uhr.

28.

Sie steigen an der Bergstation aus. Sandra wendet sich nach links.

»Wir gehen erst mal was essen.«

Die automatischen Türen öffnen sich. Vera folgt Sandra ins Freie. Staunend bleibt sie stehen. Trotz all der Sorgen und Ängste kann sie sich dem Panorama nicht entziehen, das sich ihr bietet: Weitläufig erstreckt sich die Seiser Alm vor ihr, ein grüner Teller, gesprenkelt mit Almhütten und Gasthöfen, kleinen Scheunen und Unterständen, durchzogen von schmalen Wegen. Graue Gipfel umrahmen diese abgeschlossene Welt. Weiter entfernt glänzen weiße Schneefelder. Am blauen Himmel kreisen zwei Raubvögel. Es ist seltsam still, man hört nur das gleichmäßige Brummen der Bergbahn, das sogar die Gespräche der Touristen überlagert, die laut darüber nachdenken, welche Richtung sie einschlagen sollen.

»Wahnsinn!«, entfährt es Vera.

»Schön, nicht? Gefällt mir auch immer wieder.« Sandra lacht. »Guck, der Plattkofel. Dann nach links: Fünffinger. Langkofel. Und die Sellagruppe.«

»Moment, die habe ich doch schon gesehen.«

»Von der anderen Seite, richtig. Da liegt die Schutzhütte, von der aus Robert mich angerufen hat.«

Verwirrt versucht Vera, diese Informationen einzuordnen. Sandra hakt sich bei ihr ein.

»Wie auch immer. Mir knurrt der Magen.« Direkt neben der Bergstation liegt ein Wirtshaus mit Panoramaterrasse. »Von dort hat man den idealen Blick auf die Bergwelt.«

Sandra sucht einen Tisch am Ende der Terrasse aus und fordert Vera auf, sich mit Blick auf den Plattkofel zu setzen. »Was willst du? Ich für mein Teil liebe Kasspatzen. Käsespätzle.«

Vera merkt erst jetzt, wie hungrig sie ist. Allmählich entgleitet ihr die Übersicht über ihre Stunden auf der Flucht. War die gescheiterte Übergabe wirklich erst gestern, der Brandanschlag erst heute Morgen? Ist es tatsächlich nur wenige Stunden her, dass sie Robert zum Teufel gejagt hat?

»Es tut mir leid wegen Robert«, sagt sie leise, als Sandra bestellt hat.

»Muss es nicht. Der hält was aus.«

»Ist er wirklich kein Reporter mehr?«

»Ich sage dir eines: In dem Geschäft darfst du Dinge nicht zu sehr an dich heranlassen. Das wird ungesund. Robert arbeitet mir von Zeit zu Zeit zu. Und da seine

Bergtour quasi ins Wasser gefallen ist, habe ich vor, ihn ins Boot zu holen.«

»Was meinst du damit?«

Die Kellnerin bringt eine Flasche Wasser und eine Karaffe mit Weißwein.

»Danke, ich mache das selber«, sagt Sandra und gießt bereits die Gläser voll, während sie mit einer ungeduldigen Kinnbewegung die Kellnerin wegschickt. »Wir brauchen Verstärkung.«

Vera greift nach einem Glas Wasser und trinkt gierig. »Ich dachte, ich gehe zur Polizei.«

»Stellen kannst du dich vorerst nicht.«

»Warum nicht?«

»Ganz einfach: Du wirst die U-Haft vermutlich nicht überleben.«

Vera starrt ihr Gegenüber verdutzt an. »U-Haft?«

»Schätzchen, du hast vier Kilo ungestrecktes Kokain mit dir herumgetragen.«

»Das sie mir weggenommen haben. Also, die Dealer.«

Ungeduldig wischt Sandra Veras Bedenken zur Seite. »Darum geht es nicht. Ich meine Folgendes: Die Ermittler werden dich erstens nicht mehr einfach so draußen rumlaufen lassen, weil du eine schwere Straftat begangen hast, und zweitens gleich dreimal nicht, weil du als ihre sehr wertvolle Zeugin nicht allein auf der Straße spazieren gehen solltest. Du siehst ja, wohin dein Weg als Dealerin dich bisher geführt hat. Die Gangs haben einen sehr langen Arm. Auch bis in eine Haftanstalt in Südtirol.«

Vera lässt das erst einmal sacken. Sie hat sich tatsächlich gedacht, sie könnte in eine Polizeiwache marschieren, und danach sei alles gut. Zum Glück lässt Sandra ihr Zeit, sämtliche deprimierenden Gedanken zu Ende zu denken, ehe sie sagt:

»Ich brauche Adressen, Daten, Namen. All so was.«

»Ich muss wissen, wie es Irma geht.«

»Finden wir raus.«

Sandra genehmigt sich einen großen Schluck Wein, bevor sie ein Handy aus der Hosentasche zieht und die Aufnahmefunktion aktiviert.

»Aufnahme, 8. Juli. Vera … wie heißt du mit Nachnamen?«

»Täling.«

»Vera Täling.«

Gehorsam beantwortet Vera jede einzelne von Sandras Fragen. Die Reporterin arbeitet sich akribisch durch den Wust an Informationen. Als das Essen kommt, sind sie fertig. Sandra deaktiviert die Aufnahmefunktion und wählt eine Telefonnummer, während Vera bereits hungrig ihre Spätzle löffelt.

»Schätzchen«, sagt sie, als jemand den Anruf annimmt, »wir brauchen eine Information über eine Irma Seliger, die heute ins Klinikum Brixen eingeliefert wurde. Noch nicht lange her. Brandanschlag. Vorsichtig vorgehen.« Sie legt auf. »So, und jetzt sehen wir mal, dass wir Robert an den Start kriegen.« Das Essen auf ihrem Teller dampft, doch sie achtet gar nicht darauf, während sie mit flinken Fingern eine Nachricht tippt.

»Was hast du vor?«, fragt Vera, als die Reporterin das Handy hinlegt und mit der Gabel in ihre Spätzle drischt.

»Robert wird nach Deutschland fahren und deinen Sohn suchen. Wir haben ein Budget für so was.«

»Ich möchte …«

»Ich frage mich nämlich, wieso dein Sohn ausgerechnet jemanden in Südtirol beliefern wollte. Und nicht in Deutschland.« Sie kaut hektisch. Spült mit Wein nach.

Vera versucht einen Schluck Weißwein, doch der Alkohol steigt ihr sofort in den Kopf.

»Zumal die Abnehmer von höherer Stelle die entscheidende Information bekommen haben. Sie wollten den Stoff. Und dich beseitigen. Bloß: warum? Wieso konnten sie nicht nur das Koks nehmen und abhauen?«

»Das frage ich mich schon die ganze Zeit.«

»Um deinen Sohn zu strafen. Ein Exempel zu statuieren. Freundchen, du bist ein Verräter.«

»Aber …«

»Und nachdem sie ihm deine Leiche präsentierten, wollten sie deinen Sohn um die Ecke bringen. Doch am folgenden Morgen war er noch am Telefon.«

»Ich kann nicht sicher sagen, dass *er* den Anruf annahm. Ich hörte nur Atemzüge. Es kann auch jemand anderes das Handy genommen haben.«

»Angenommen, er ging selber dran: Dann weiß er, dass du noch lebst.«

Vera lässt den Blick über die Berge schweifen. Hier oben auf der Alm wirken sie erschreckend nahe und kommen ihr gar nicht mehr malerisch und freundlich vor, sondern vielmehr wie die Manifestation böser grauer Geister. Unter welche Räuber ist Darius nur gefallen? Ich konnte nichts tun, denkt sie matt. Diese fortwährenden Selbstvorwürfe müssen endlich ein Ende haben.

»Vermutlich hat er nichts gesagt, als du angerufen hast, kein Wort, weil er nicht allein war«, stößt Sandra in Veras Gedanken vor.

»Was meinst du, bedeutet das?« Vera reißt den Blick von den grauen Riesen los.

»Man hat ihn in die Mangel genommen, aber noch nicht getötet. Und er wollte dich nicht verraten.«

»Einer von den Typen im *Airstream* sagte, sie hätten das Handy geortet und rausgefunden, wo ich war, weil ich so dumm war, Darius damit anzurufen.«

»Na gut, war eben Pech. Aber dein Sohn wollte dich schützen.«

Vera legt das Besteck weg. Wenn Sandra recht hat … besteht noch Hoffnung.

»Dafür kann es mehrere Gründe geben. Er hat eine Rückversicherung. Er weiß etwas, das den Bossen nützlich sein kann, und das wollen sie nicht mit ins Grab legen. Oder er hat eine wichtige Information, die den Bossen schaden kann, an entscheidender Stelle hinterlegt. Meinst du, er ist so clever?«

Woher soll ich das wissen, denkt Vera. Ich weiß überhaupt nichts über Darius. Ich kenne seit Jahren nur schräge Geschichten, die er rauslässt, wenn ich nachbohre. Seltsame Sachen, die wahr sein können oder komplett erfunden oder irgendwas dazwischen.

»Möglicherweise«, antwortet sie unsicher.

Sandras Finger trommeln auf die Tischplatte.

Auf ihrem Handy geht eine Nachricht ein.

»Deiner Freundin geht es gut. Sie liegt auf einer normalen Station. Rauchvergiftung. Soll zur Beobachtung noch einen Tag bleiben.«

»Ist sie sicher im Krankenhaus?«

Sandra wiegt den Kopf. »Ich denke schon. Unsere Freunde«, sie markiert mit den Fingern in der Luft zwei Anführungszeichen, »haben zweimal Mist gebaut. Sie haben dich am Treffpunkt nicht umgelegt, und der Plan, euch zu rösten, hat auch nicht funktioniert. Die haben jetzt richtig Stress. Druck von oben. Du bist als Erstes im Visier.«

Vera greift nach dem Besteck und isst ihren Teller leer. Wenn sie schon sterben muss, dann nicht mit leerem Magen.

Auch Sandra futtert ihre Portion bis auf den letzten Rest Käse auf, den sie konzentriert vom Teller kratzt.

»Also gut, Vera. Mein Plan sieht vor, dich hier oben zu verstecken. Ich glaube nicht, dass uns jemand bis hierher gefolgt ist.«

»Und wo?« Hilflos blickt Vera sich um. »Hier, auf der Alm?«

Die Reporterin zwinkert ihr zu.

»Keine Sorge, es ist nicht für lang. Denn ab spätestens morgen bis du mein Lockvogel.« Sie erhebt sich schwerfällig. »Ich muss nur mal kurz … du weißt schon.«

Sandra verschwindet im Lokal. Vera bleibt einfach sitzen. Sie stürzt ab in einen Stimmungszustand, in dem es ihr gleichgültig ist, was mit ihr passiert. Innerhalb von 48 Stunden ist sie in ein sonderbares Leben gerutscht, das nicht ihres ist. Es nicht sein kann. In ihrem eigenen Leben hätte sie niemals auch nur einen Lippenstift in einer Drogerie gestohlen. Oder die Zeche geprellt. Jetzt kann sie nicht einmal Wein und Spätzle bezahlen, ihr Bargeld reicht nicht.

Ein Geländewagen kommt den Weg zur Gastwirtschaft herauf. »Steiner Seilbahnen« steht darauf. Der Wagen hält. Die Kellnerin stößt eine Kollegin mit dem Ellenbogen an, weist mit dem Kinn auf das Auto. Zwei Männer steigen aus, große Kerle mit Arbeitshosen, deren Taschen vollgestopft sind mit Werkzeug, Stiften und elektronischen Geräten.

Veras Herz beginnt zu hämmern. Beruhige dich, redet sie sich im Stillen gut zu. Die tun dir nichts. Die kommen wegen der Seilbahn. Aber irgendein Instinkt lässt sich nicht lahmlegen. Während die Kellnerinnen noch tuscheln, steht sie auf und geht über die Terrasse, als wollte sie Sandra auf die Toilette folgen.

Es ist Dienstag, der 8. Juli, 14 Uhr.

29.

Vera rennt. Ihr ganzer Körper kennt nur eins: weg!

Sie umrundet die Wandergruppe, die vor dem Eingang zur Bergstation unschlüssig herumsteht. Die automatischen Türen gleiten beiseite. Sie läuft in die Station. Hier drinnen sind kaum Leute. Verdammt! Sie hat auf den Schutz der Menge gehofft. Ein kurzer Blick zurück durch die Glastür. Die Männer aus dem Geländewagen stürmen heran. Außer Vera ist niemand hier drin. Kein Aufsichtspersonal. Kein Passagier, der ins Tal möchte. Auch keiner, der oben ankommt. Gondel um Gondel schaukelt leer an ihr vorbei.

Die Toilette!

Vera stößt die Tür auf. Erste Tür links: das Herrenklo. Sie rennt hinein, in eine Kabine. Kein Licht. Sie steigt auf den Klodeckel und zieht sich hoch, hockt sich auf die Trennwand, zieht den Kopf ein. Über ihr hängt das Gitter einer Belüftung halb aus der Wand. Sie reißt daran, zerrt, ein keuchender Laut entfährt ihr.

Schon hält sie es in den Händen. Schnell kriecht sie in den Schacht dahinter, mit den Füßen voran, zieht den Kopf ein, rammt das Gitter in Position. Kriecht noch ein Stück weiter. Hinter sich spürt sie einen deutlichen kühlen Luftzug.

Jemand kommt herein. Vera stellt das Atmen ein.

»Verflucht, kein Licht, oder was?« Der Typ schlägt ein paarmal auf den Schalter. Nichts.

Eine Taschenlampe flammt auf, leuchtet in die Klokabine. Der Lichtstrahl wandert hoch, gleitet über das Gitter. Vera schließt die Augen, presst ihr Gesicht auf den staubigen Boden.

»Scheiße!«, flucht der Verfolger.

»Im Frauenklo nichts«, kommt es von draußen.

Vera blinzelt. Der Lichtschein kommt noch näher. Dann, abrupt, geht das Licht aus.

»Hier auch nichts.«

Ganz vorsichtig atmet Vera durch. Die Tür fällt zu.

Es ist Dienstag, der 8. Juli, 14.15 Uhr.

30.

Vera wartet. Verliert das Gefühl für die Zeit. Ihr ist kalt in dem beständigen Luftzug. Erst jetzt bemerkt sie, dass ihre Kleider nach Rauch stinken. Mehrere Männer pinkeln unter ihr. Jeder beschwert sich murmelnd über das Licht, das nicht funktioniert. Ein technischer Defekt, der ihr das Leben gerettet hat. Zum dritten Mal in zwei Tagen ist sie davongekommen.

Irgendwann beschließt sie, dass sie raus muss. Mit klammen Fingern rüttelt sie an dem Gitter. Das sitzt fest. Viel fester als vorher. Sie muss es wieder exakt so eingerastet haben, wie es sein muss. Wahrscheinlich haben deshalb die Typen nichts gemerkt. Haben gar nicht an den Lüftungsschacht gedacht. Eingeklemmt in dem engen Schacht hat Vera wenige Möglichkeiten, das Gitter aus der Verankerung zu lösen. Mit einem wütenden Schrei mobilisiert sie alle Kräfte, bis es schließlich wieder schief hängt und kurz darauf zu Boden fällt. Das Scheppern dröhnt in Veras Ohren überlaut. Wahrscheinlich hat sie jemand gehört. Sie kriecht aus dem Schacht, klettert steif auf den Boden und tastet sich durch das Dunkel zur Tür.

Eine Frau mit einem riesigen Hund steht innerhalb der Bergstation und starrt hinaus. Sofort fällt Vera auf, dass etwas nicht stimmt. Der Hund schnuppert unruhig und bellt.

»Da muss was passiert sein!«, ruft die Frau Vera entgegen. »Sehen Sie?«

Vor dem Wirtshaus neben der Bergstation stehen Menschen, umkreisen die Treppe, die auf die Panoramaterrasse führt.

Vera packt ein fürchterlicher Verdacht. Zielstrebig verlässt sie die Station, die automatischen Türen öffnen sich, kühler Wind und Sonnenlicht streifen ihr Gesicht, sie kneift die Augen zusammen, geblendet.

Sandra liegt auf den Stufen, den Kopf nach unten. Blut läuft aus ihrem Körper. Vera erstarrt. Ein Mann ruft: »Lassen Sie mich durch, ich bin Arzt.«

»Wir haben schon den Notruf gewählt«, piepst eine aufgeregte Stimme. »Sie war mit einer Freundin hier, glaub ich. Die ist wie vom Erdboden verschluckt.«

Vera blinzelt zur Terrasse hinauf. Die Kellnerin, die sie und Sandra bedient hat, steht dort, die Hände an die Kehle gedrückt, totenbleich. Der Arzt sprintet die Stufen hinauf und geht neben Sandra in die Knie.

»Sie hat Puls, ganz schwach.«

Raunen in der Menge. Ein Helikopter knattert in der Ferne, rasch kommt das Geräusch näher.

Vera weicht zurück. Instinktiv. In ihrem Kopf hämmert es. Sandras Stimme mischt sich in den Radau. »Du wirst die U-Haft vermutlich nicht überleben.« Welchen Sinn hat es, wenn ich überlebe, aber alle anderen, die mir helfen wollen, nicht?, denkt sie. Jemand rempelt sie an. Vera unterdrückt den Impuls, sich mit einem empörten »he!« zu revanchieren. Der Helikopter ist nun sehr nah. Er taucht knapp hinter dem Wirtshaus über dem Berg auf.

Polizia.

Vera macht einen Schritt, dann zwei. Damit hat sie ihre Energie verbraucht. Schwankend bleibt sie stehen. Jemand drängelt von hinten. Neben ihr fällt eine Sonnenbrille auf den Boden. Vera bückt sich, hebt sie auf. Als sie niemanden bemerkt, der danach sucht, setzt sie sie selbst auf. Löst das Haargummi und schüttelt ihre Locken ins Gesicht. Der Helikopter setzt zur Landung an. Die Schaulustigen weichen weiter zurück. Vera kann das Gesicht des Piloten sehen, der konzentriert nach unten schaut. Staub und trockene Erde wirbeln hoch. Die meisten halten sich die Arme vors Gesicht. Auch Vera. Ihr Haar wird in alle Richtung geweht, die Markise über der Wirtshausterrasse wippt heftig. Die Kufen berühren den Boden, der Hubschrauber steht. Die Türen öffnen sich, Uniformierte springen heraus. Vera ordnet ihr Haar. Eine Frau mit einem Koffer hüpft ebenfalls aus dem Helikopter und rennt auf die Treppe zu.

Vera trifft eine Entscheidung. Entschlossen geht sie auf einen der Polizisten zu, der beim Hubschrauber stehen geblieben ist und mit dem Piloten ein paar Worte wechselt.

»Nicht.«

Die Stimme erklingt neben ihrem Ohr und ist seltsam vertraut. Eine Hand greift nach ihrem Arm.

Vera dreht sich um.

»Robert?«

»Sandra hat mir eine Nachricht geschickt.«

»Sie ist …«

»Komm. Weg hier. Man hat dich mit Sandra gesehen. Es ist zu gefährlich.«

Wütend macht Vera sich los. »Für dich ist es mit Sicherheit gefährlicher, wenn du mit mir zusammen bist. Und sei es nur für fünf Minuten«, zischt sie. »Alle, die mir helfen wollten, sind verletzt. Oder tot.« Kurz schwirrt der Leichenwagen vor dem Hotel in Sankt Andrä durch ihre Erinnerung.

Robert greift in ihr Haar, zieht Vera zu sich heran und küsst sie. Warm und trocken liegen seine Lippen auf ihren. Sie atmet seinen Duft nach Kaffee und Kaugummi. Die Geräuschkulisse um sie herum rückt in den Hintergrund. Bloß seinen Atem hört sie. Spürt die Stoppeln seines Bartes auf den Wangen.

Sie stößt ihn weg. »Was wird das?«, keucht sie. Ein Teil von ihr möchte davonlaufen. Ein anderer bleiben. In dieser festen Umarmung.

Er hakt sich bei ihr ein. »Wir sind ein Paar in den Ferien. Komm.«

Es ist Dienstag, der 8. Juli, 15.15 Uhr.

31.

»Ich muss dir ein paar Dinge erklären.«

Sie sitzen im Schatten hinter einer Almhütte. Vor sich zwei Bier, Speck und Käse, Schüttelbrot. Die Nachmittagssonne brennt, doch es wird bereits merklich kühler. Ein Paar im Urlaub, das ist tatsächlich keine schlechte Tarnung. Wenngleich ich nicht so nach Rauch stinken dürfte, denkt Vera, und mein Gesicht nicht aussehen sollte, als wäre es in einen Scherbenregen geraten.

Auf seinem Smartphone verfolgt Robert die Nachrichten zum Überfall an der Bergstation. Noch gibt es keine Informationen zu Sandra. Hat sie überlebt? Vera schließt kurz die Augen. Sie hat zu viele Menschen auf dem Gewissen.

Robert und sie sind ein gutes Stück am oberen Hang hinter der Bergstation nach Westen gewandert und dann abgestiegen in die Senke, um über ein Gewirr von Wegen schließlich oberhalb einer kleinen Ortschaft herauszukommen. An einer Quelle füllte Robert seine Wasserflasche auf, während Vera versuchte, sich die schlimmsten Schmutz- und Rußspuren von der Haut zu waschen.

»Nach 17 Uhr kann man mit dem Wagen zur Seiser Alm hochfahren.« Unbestimmt zeigt Robert nach vorn.

»Wie bist du so schnell hergekommen? Vorhin?«

»Ich war schon hier.«

»Aha.« Hat dieser Mann sie vorhin wirklich geküsst? Zur Tarnung, wie er behauptete? Vera kann sich den Moment, als sie seine Lippen auf ihren spürte, kaum noch ins Gedächtnis rufen. Er scheint wie ein wirrer Moment aus Traumgespinsten. Eine Halluzination, hervorgerufen durch das grelle Sonnenlicht, in dessen Widerschein ein Helikopter anfliegt.

»Wie gesagt, ich muss dir ein paar Dinge erklären.«

Vera nimmt einen Schluck Bier. Wieder schlägt die Müdigkeit brutal zu. Wie lange hat sie nicht geschlafen? Sie hat gehofft, das Treffen mit Sandra würde ihr eine Verschnaufpause bieten. Stattdessen ist alles nur schlimmer geworden.

»Sandra und ich sind an einer Sache dran.«

»Lass mich raten: Drogen.«

Robert lacht unfroh auf. »Was sonst.«

»Du hast gesagt, du wärst nicht mehr im Geschäft.«

»Ich wollte raus. Und war das auch. Bis vor einem Monat. Da rief Sandra an. Sie hatte in Erfahrung gebracht, woher eine bestimmte, sagen wir, Verteilerstation im Drogenhandel bei uns in Südtirol ihren Stoff bekommt. Wir waren immer der Meinung, die meisten Drogen, auch Kokain, kämen aus Kalabrien zu uns hoch. Mit dem Schiff aus Afrika. Aber sie bekam heraus, dass ein Großteil des Stoffs über die Alpen den Weg zu uns findet.« Robert wirft einen Blick auf zwei Gäste, die gerade aufstehen und nach ihren Rucksäcken greifen. »Das hat mich angefixt. Ich wollte wieder dabei sein. Ich habe meine Frau an die Dealer verloren.«

»Was heißt das?« Vera blickt Robert alarmiert an.

»Ich bin bei meiner Arbeit einfach ein bisschen zu genau gewesen. Habe Namen ausfindig gemacht und zu viel gewusst. Sie wollten mich ausschalten. Haben an meiner Stelle Natalie erwischt. Sie nahm mein Auto, weil ihres nicht ansprang. Hätte ich mich nur endlich mal um ihren alten Panda gekümmert. Bedauerlich, meine Arbeit war immer wichtiger als Autos.« Robert starrt vor sich hin. Erschöpft reibt er sich den stoppeligen Bart. Setzt an, um weiterzusprechen, bricht jedoch ab. Als ginge ihm die Kraft aus.

»Wie lange ist das her?«, fragt Vera schließlich.

»Drei Jahre. Ich bin ausgestiegen. Konnte nicht mehr.« Er lässt seine Hände in den Schoß sinken. Große, kräftige gebräunte Hände, die den Umgang mit Kletterseilen und anderen Sportgeräten gewohnt sind.

»Das tut mir sehr leid.« Vera spürt echtes Mitgefühl. Sie hat ihm alles über Walter erzählt. Hat sich in ihrem Selbstmitleid gesuhlt und gerechtfertigt, warum sie das Koks transportierte. Doch Robert hätte ebenso seine Gründe, schräge Dinge zu tun. Auszuflippen. Zum Mörder zu werden.

Er zuckt hilflos mit den Schultern. Sie sieht, dass er mit den Tränen kämpft.

»Sandra ließ mich eine Zeit lang in Ruhe, bevor sie mir erneut auf die Naht rückte. Wollte, dass ich wieder arbeite. Weil einer wie ich doch nicht einfach aufhören könnte. Ich habe ihr meine ganzen Aufzeichnungen und Notizen gegeben. Alles, was ich je recherchiert hatte.«

»Und sie hat weitergeforscht?«

»Wie ein Pitbull. Eine wie Sandra ist als Reporterin zur Welt gekommen. Die lässt nicht locker.«

»Also bist du vor einem Monat wieder in die Nachforschungen eingestiegen.«

»Nein.« Robert lacht auf. Greift nach einem Stück Schüttelbrot und bricht es durch. Krachend kaut er. »Gestern Nacht.«

Vera schließt die Augen. »Warum? Was hat dich dazu veranlasst?«

»Du. Du und deine Geschichte.«

»Meine Geschichte ist ein einziges Chaos!«

»Sie hat mich an etwas erinnert, was mich überhaupt erst in dieses Thema hineingelockt hat.«

»Und was ist das?«

»Dass Menschen nicht nur aus Profitgier bei den Drogen landen. Sondern auch aus Unglück. Weil Weichen falsch gestellt wurden, von irgendwem, und die Menschen nicht mehr rauskommen.«

Vera schüttelt den Kopf. »Nein, ich bin nicht aus Not zur Kurierin geworden, sondern aus Dummheit.«

Robert grinst schwach. »Findest du?«

»Ich habe meinem Sohn das Recht eingeräumt, über mein Leben zu bestimmen. Ich hätte darauf bestehen können, dass er mir etwas von dem vielen Geld, das ich ihm in den Rachen geschoben habe, zurückgibt. Ohne eine Gegenleistung. Nein, ich habe mich auf diese Kurierfahrt eingelassen. Okay, weil ich Geld brauchte. Aber auch, um ihm einen Gefallen zu tun. Weil es immer so lief. Er wollte etwas, ich dachte, lieber nicht. Schließlich gab ich nach.«

»Schätze, dass Eltern das so machen.«

Vera macht eine abschätzige Handbewegung. »Wie kommen die Drogen über die Alpen? Ich kann mir kaum vorstellen, dass es jedes Mal dumme Mütter sind, die ihren Söhnen unter die Arme greifen.«

»Natürlich nicht.« Robert winkt dem Wirt, bestellt noch zwei Bier. »Das Zeug kommt mithilfe von Transportunternehmen. Das sind ausgefeilte Methoden mit präparierten Lkws. Oft genug weiß auch jemand vom Zoll Bescheid. Geld macht's möglich.«

»Aber?«

»Aber das ist in der Regel bereits gestrecktes Kokain. Deshalb war Sandra wie elektrisiert, als ich sie gestern anrief. Sie hoffte, dass du uns einen Schritt weiterbringen würdest.«

»Inwiefern?«

Robert lächelt. »Gestern Nacht, das mit dir, das ging mir nahe. Ich will damit sagen: Ich habe schon etwas länger Blut geleckt. Obwohl ich mich Sandra gegenüber immer bedeckt gehalten habe.«

»Jetzt verwirrst du mich wirklich.«

»Vor zwei Wochen trafen wir uns. Sie machte es dringend. Wollte nichts am Telefon sagen. Also gingen wir essen. Was sie mir zu berichten hatte, war hochexplosiv.«

»Nämlich?« Vera blickt über die Gipfel im Westen. Dunst steigt aus dem Tal auf.

»Sie hatte Hinweise, dass es bei der Polizei in Bozen einen Maulwurf gibt.«

»Um Gottes willen!«

»Sie hatte einen Verdacht, schleppte ihn lange mit sich rum, beobachtete, fragte, tastete sich ran. Sehr behutsam. Vielleicht nicht behutsam genug.«

»Du meinst …«

»Ich habe sie gewarnt. Denk an Natalie, habe ich ihr eingeschärft. Nur – Sandra ist nicht der Typ, der lockerlässt. Dinge auf sich beruhen lässt. Wie gesagt: ein Pitbull.«

Vera starrt auf den bläulichen Dunst unten im Tal, bemüht, die Fassung zu bewahren. »Hat der Spitzel gewusst, dass Sandra …«

»Gestern Nacht habe ich sie gefragt, aber sie hat alles abgebügelt. Nicht am Telefon. Das war ihre Devise.«

»Sandra hat mich befragt und alles aufgenommen.«

»Ja, euer Gespräch ist auch auf meinem Handy. Sie hat es mir vorhin noch geschickt.«

»Wenn sie die Audiodatei von ihrem Mobiltelefon aus weitergeschickt hat, hat sie alle Vorsicht fahren lassen! Wo ist Sandras Handy jetzt?«

»Ich vermute, die Polizei hat es gefunden.«

Vera erinnert sich, wie Sandra zur Toilette ging. Und dass gleich darauf der Geländewagen *Steiner Seilbahnen* vorfuhr. Sie berichtet Robert, wie sie sich im Männerklo in den Lüftungsschacht verkrochen hat. Und schließlich die Bergstation wieder verließ und Sandra verletzt auf den Stufen zum Wirtshaus liegen sah.

Danach bleibt es lange still.

Schließlich sagt Vera:

»Kann es sein, dass dieser Maulwurf an höherer Stelle sitzt? Dass du nun auch in Gefahr bist?«

»Ich denke mal, damit bist du nah an der Wahrheit.«

»Weißt du, wer der Maulwurf ist? Kennst du den Namen?«

Robert nickt. »Es ist nur ein Verdacht. Sandra konnte noch nichts veröffentlichen. Niemanden einschalten, dem sie nicht 100-prozentig vertraute. Sie brauchte Beweise, verstehst du?«

»Mein Fall, wenn wir es mal so nennen wollen, hätte die Beweise liefern können, richtig? Sandra sagte etwas davon, dass ich den Lockvogel spielen sollte. Das war, bevor … du weißt schon.«

Sandra wollte mir helfen, das vielleicht, denkt Vera weiter, während sie Roberts in sich gekehrtes Gesicht betrachtet. Zugleich hatte sie aber die Absicht, mich zu benutzen, um endlich herauszufinden, wer bei der Polizei den Drogenleuten zuarbeitet. Indem er seine schützende Hand über sie hält oder Schlimmeres.

»Warum wird ein Polizist zum Spitzel?«

Robert dreht die Handflächen nach oben und starrt darauf, als könnte er in den Schwielen die Antwort finden. »Manche werden erpresst. Andere sind gierig nach Geld. Korruption, Betrug, Geldwäsche … rund um das Drogengeschäft begegnet man vielen weiteren Straftaten.«

Vera nimmt das letzte Stück Käse vom Teller und kaut lange darauf herum. Sie muss eine Entscheidung treffen, nur eine.

»Du sitzt jetzt hier mit mir, weil …?«, fragt sie nach einer Weile gedehnt.

»Ich wette, die suchen dich nicht mehr hier oben. Sie vermuten, dass du längst runtergefahren bist, mit der Umlaufbahn nach Sankt Ulrich. Anzunehmen, dass sie dein Motorrad schon vor Stunden sichergestellt haben. Mittlerweile fahnden sie nach dir. Bei der Blutspur, die du hinter dir herziehst …« Robert verzieht das Gesicht, als wollte er andeuten: Ist nur ein Scherz. Wenngleich ein richtig blöder Scherz.

»Wie geht es jetzt weiter? Ich kann mich nicht der Polizei stellen, weil ich die U-Haft nicht überlebe, wie Sandra gesagt hat. Und die überlebe ich deshalb nicht, weil jemand bei der Polizei mich ausschalten will.«

»Du kannst dich den deutschen Behörden stellen. Das wäre das Beste.«

Vera blickt über die Berge, nach Norden. »Und wie komme ich nach Deutschland? Mit dem Zug vielleicht?«

»Mit mir.« Das Sonnenlicht flackert in Roberts Augen auf. »Mit deiner Hilfe finde ich vielleicht mehr heraus über den Weg, den das Koks von Deutschland aus über die Alpen nimmt. Kannst du dafür sorgen, dass Darius mit mir spricht?«

»Mit dir?« Vera schnaubt. »Ich weiß doch nicht mal, ob er noch lebt.« Schmerz durchflutet sie. Sie krümmt sich.

»Es tut mir leid. Es muss furchtbar für dich sein«, sagt Robert leise. »Doch ohne ins Detail gehen zu wollen: Darius hat keine neuen Verkaufswege erfunden. Er hat die Strukturen, die er kannte, genutzt. Leute abgeworben, Preise gedrückt. Und einem anderen, Stärkeren hat das nicht gefallen.«

Mein Sohn ist vielleicht tot, denkt Vera. Ich sitze mit einem Reporter auf einer Alm und esse Käse und Speck. Maria, Irma, Sandra sind verletzt. Sandra wird vielleicht nicht überleben, Maria eventuell auch nicht. Und neben den Drogendealern ist auch die Südtiroler Polizei hinter mir her. Unruhig tastet sie nach dem kleinen Prepaidhandy.

»Hast du einen Wagen?«, fragt sie leise.

»Steht in Kompatsch. Wir können runterlaufen und losfahren. Jetzt gleich.«

Die Sonne schickt sich an, hinter den Gipfeln im Westen zu versinken.

»Ich frage mich, was mit Irma werden soll. Sie ist im Krankenhaus und mutterseelenallein.«

Robert steht bereits auf. Legt ein paar Scheine auf den Tisch und beschwert sie mit seinem Bierglas. »Ich sage meiner Schwester Bescheid. Sie kann Irma abholen und erst mal bei sich beherbergen. Oder ihr ein Zugticket kaufen.«

Vera nagt an ihren Lippen. Das Schlimmste ist, sie muss Irma zum zweiten Mal im Stich lassen. Diesmal, um sie zu schonen. Sie nicht einem unnötigen Risiko auszusetzen.

»Bitte, mach das!«, sagt sie gepresst.

Es ist Dienstag, der 8. Juli, 18 Uhr.

32.

Der Wagen schnurrt leise durch den dunstigen Abend. Sie rollen über die Staatsstraße. Zuvor haben sie in einem kleinen Supermarkt Cola und ein paar Sandwiches gekauft. Der Abend senkt sich herab, ganz allmählich, fast zögernd. Der Verkehr ist moderat. Einmal überholt Robert einen Lkw, sonst geht es gleichmäßig mit 90 Stundenkilometern dahin. Neben der Staatsstraße verläuft die Autobahn, auch dort ist es vergleichsweise ruhig. Vera betrachtet die Lichter der Fahrzeuge, die in dem dunklen Tal warme, helle Lichtschnüre hinterlassen. Dagegen wirken die Berge ringsum abweisend, mit jedem Kilometer erscheinen sie dunkler und bedrohlicher.

»Was ist das eigentlich für eine Sache mit dem Weingut, in das du einsteigen willst?«

»Hm. Wie soll ich sagen. Ich bin nahe dran.«

»Also ist es mehr als ein Traum?«

Robert lacht. »Das hoffe ich.«

Vera stellt sich Robert zwischen Fässern und Abfüllanlagen vor. Beim Verkosten eines guten Tropfens mit Gästen. Irgendwann schlummert sie ein. Sie schreckt erst hoch, als der Wagen steht und Robert den Blinker setzt.

»Wo sind wir?«, fragt sie benommen.

»In Sterzing.«

»Warum fährst du nicht einfach weiter zum Brenner?«

»Das ist mir zu riskant.« Robert steuert das Auto am Stadtrand entlang. »Den direkten Weg werden sie sicher im Auge behalten.«

»Meinst du, die beobachten uns?«

»Sandra und ich haben einen geschützten Chat benutzt, wenn wir uns per Mobiltelefon Dateien weiterleiteten. Dass sie mir das Interview mit dir geschickt hat, war unvorsichtig, normalerweise hätte sie das nicht gemacht, denn natürlich kann auch so ein geschützter Chat geknackt werden. Es zeigt, dass sie in Eile war. Ich kann nur hoffen, dass sie den ganzen Gesprächsverlauf noch rechtzeitig von ihrem Telefon gelöscht hat. Selbst unter Stress würde Sandra das tun. Aber sie ahnte ja nicht, dass die Mörder schon so nahe waren.«

»Verstehe ich dich richtig? Wenn die Polizei bisher nicht auf den Trichter mit dem Chat gekommen ist, besteht die Chance, dass sie dich gar nicht auf dem Radar haben?«

»So in etwa.«

»Wie hoch ist die Chance?«

»Keine Ahnung. Für Notfälle habe ich ein Back-up vom Chat, und meine Schwester weiß, wie sie rankommt. Nur für den Fall.«

Stöhnend lehnt Vera sich zurück. Rechts ragen die Berge auf, links im Tal sieht sie Sterzing liegen. Frühe Dämmerung kriecht von unten an den Hängen hoch, während die Gipfel noch von der Sonne beleuchtet sind.

»Wir fahren über das Timmelsjoch nach Österreich ins Ötztal und weiter nach Deutschland. Ich hoffe, dass dort oben an der Grenze niemand auf uns wartet. Allerdings dauert die Fahrt auf dieser Strecke deutlich länger.«

»Soll ich dich ablösen?«

»Jetzt noch nicht. Schlaf lieber. Damit einer von uns ausgeruht ist.«

Vera schließt die Augen. Nichts lieber als schlafen, so viel steht fest. Doch in den engen Serpentinen rollt ihr Kopf hin und her, und mit dem Motorengeräusch und den Scheinwerfern von Autos und Motorrädern, die ab und zu entgegenkommen, mischen sich Traumbilder. Irma, die nach der Luke im *Airstream* tastet. Sandra an der Talstation in Sankt Ulrich, wie sie ununterbrochen redet und schließlich mit einem echten oder vorgetäuschten Hustenanfall die beiden Sportler davon abhält, in ihre Gondel zu steigen. Maria in der Latzhose. Christina in Sankt Andrä in ihrem weißen T-Shirt und den Jeans, mit dem tröstenden Lächeln, als sie Veras Enttäuschung sieht. »Warten Sie! Vielleicht kann ich Ihnen helfen.«

Tränen rinnen über Veras Gesicht. Wer mir helfen wollte, den hat es erwischt. Ob es Christina war, die sie in dem Leichenwagen weggefahren haben? Das darf einfach nicht sein. Wie kann ich jemals ihrer Großmutter wieder unter die Augen treten? Wird Maria gesund? Und Irma? Wie soll das alles irgendwann weitergehen? Ihre Gedanken wandern zu Darius. Natürlich, sein Vater hatte Probleme, war krank, in höchstem Maß depressiv. Trotz allem verlebte Darius eine über weite Strecken unbeschwerte Kindheit. Sie selbst hat für alles gesorgt, seine Schulbildung, Essen und Trinken, Kleidung, einen sicheren Hafen. Als er jünger war, gab es einen Freundeskreis, er spielte Fußball, hatte nette Kameraden. Sogar Urlaube waren drin. Verstohlen wischt Vera die Tränen weg. Es ist ihr egal, ob Robert merkt, dass sie weint. Er hat seine eigenen Albträume, die ihn in den Nächten einholen.

Endlich dämmert sie weg.

Es ist Dienstag, der 8. Juli, 21.30 Uhr.

33.

»Vera! Wach auf!«

Mit einem Ruck fährt Vera hoch. Es ist stockdunkel. »Sind wir schon in Österreich?«

»Leider noch nicht.«

»Was ist los?«

»Ich habe ein ungutes Gefühl.«

Es ist totenstill. Kein Motorengeräusch, nichts. Neben dem Auto ahnt Vera eine niedrige Mauer.

»Ich habe den Wagen hinter die kleine Kapelle da gefahren. Es sind noch etwa sechs Kilometer bis zur Grenze.«

»Du willst zu Fuß gehen?«

Robert steigt bereits aus. Er packt zwei Wasserflaschen und die gekauften Sandwiches, die sie bisher nicht angerührt haben, in seinen Rucksack.

»Komm.«

Vera klettert aus dem Wagen, streckt sich. Die Nachtluft hier oben fühlt sich eisig an. Rasch schließt sie den Reißverschluss ihrer Jacke. In der finsteren Umgebung glaubt sie, ein zartes Glimmen zu sehen.

»Was ist das?«, flüstert sie.

»Wir stecken in den Wolken.«

Erst jetzt bemerkt Vera, dass sie kaum Sicht haben. Keine Sterne, geschweige denn der Mond, der vor 24 Stunden ihre Wanderung so gnädig beleuchtete.

»Ist dir kalt?«

Sie winkt ab.

Robert nimmt einen Anorak aus dem Kofferraum. »Hier, zieh den über deine Jacke.« Leise drückt er die Heckklappe zu und schließt den Wagen ab. »Gehen wir.«

Offenbar weiß er genau, welche Richtung er einschlagen muss. Vera folgt ihm. Mit jedem Schritt, den sie sich vom Auto entfernen, fühlt sie sich einsamer und verlorener. Sollte sie aus welchem Grund auch immer allein hier zurückbleiben, sie würde niemals den Weg zum Auto wiederfinden.

Robert führt sie ein Stück die Straße entlang.

»Das ist der sicherste Weg. Wir sind in den Hochalpen. Alles andere wäre bei der schlechten Sicht zu gefährlich.«

Vera zittert in der Nachtluft, trotz des Anoraks. »Wie kommen wir denn nachher weiter, ohne Auto?«

»Drüben in Österreich nehmen wir den Bus. Das klappt schon. Hauptsache, wir kommen erst mal raus aus Italien.«

Schweigend gehen sie hintereinander her. Vera fühlt sich immer noch benommen vom Schlaf. Es muss spät sein, aber sie kann auf dem Zifferblatt ihrer Uhr in der Dunkelheit ohnehin nichts erkennen. Wie betäubt setzt sie Fuß vor Fuß. Die tiefe Stille der Nacht, in der sie nur ihre und Roberts Atemzüge hört, versetzt sie in eine Art Trance. Manchmal reißen die Wolken auf, dann erhascht sie einen Blick auf ein paar Sterne, doch stets schließt sich der schwere, feuchte Vorhang binnen Sekunden. Sie wandern die Serpentinen entlang, die ihr zwar vom Auto oder Motorrad aus immer eng, aber nie sehr steil vorkamen. Jetzt kämpft sie in den Kehren mit der Steigung. Robert hält ihr seine Hand hin. Sie schlägt ein, und er zieht sie mit.

»Wir müssen durch den Tunnel dort«, sagt er. »Ich hoffe, du bist nicht klaustrophobisch.«

»Durch was für einen Tunnel?« Vera bleibt stehen. Ihr Atem kommt stoßweise. Sie ist Bewegung in dieser Höhe nicht gewöhnt.

»Alternativ könnten wir nur klettern!« Robert deutet in die Luft. »Über den Grat.«

Bevor Vera noch überlegen kann, welche Strecke sie grauenvoller findet, tönt Motorengeräusch zu ihnen herauf.

»Weg!« Robert packt sie am Arm. Sie stolpert neben ihm her. Spürt Geröll unter den Füßen, knickt zur Seite, Roberts Hand hält sie, sie rennen, bergab, rutschen und schlittern über Steine, bis Robert Vera zu Boden reißt. »Hinlegen!«

Wir haben so einen höllischen Lärm gemacht, denkt Vera, die müssen uns gehört haben. Wer auch immer die sind.

Ihr Knie schmerzt.

Es ist Mittwoch, der 9. Juli, 0.30 Uhr.

34.

Die kalte, feuchte Luft kriecht unter Veras Sachen. Ihr ist kalt. Sie zittert. Vielleicht auch vor Angst. Sie sitzen in den Wolken fest, und die Geräusche von der Straße scheinen mal aus dieser, mal aus jener Richtung zu kommen.

»Meinst du, das war die Polizei?«

»Ich weiß nicht. Eigentlich dachte ich, die checken nicht jeden Pass. Aber so viele Wege aus Südtirol hinaus gibt es nicht. Und normalerweise ist die Timmelsjochstraße nachts gesperrt. Gerade die italienische Seite ist nicht besonders gut ausgebaut und zu gefährlich.«

Er wirkt erstaunlich ruhig, findet Vera. Ihr ist beinahe schlecht vor Angst. So weit gekommen zu sein, um dann aufgeben zu müssen …

»Wir können doch nicht in dem Geröll liegen, bis es hell wird«, flüstert sie.

»Psst.« Robert hebt den Kopf. »Hörst du das?«

»Als wenn Türen zuschlagen.«

»Autotüren. Sie haben angehalten.«

»Wenn die Passstraße eigentlich nachts gesperrt ist«, sagt Vera leise, »dann kann das doch nur die Polizei sein?«

»Vermutlich. Das bedeutet wohl, dass Sandra nicht mehr dazukam, den Chat mit mir zu löschen. Und dass sie ihn geknackt haben.«

»Shit.« Vera lässt den Kopf sinken. Sie spürt Steine unter ihrer Stirn. Es riecht feucht und kalkig. »Was sollen wir tun?«

»Wir dürfen auf keinen Fall warten, bis es hell wird. Bei Tageslicht haben wir keine Chance mehr, unentdeckt zu bleiben. Entweder wir steigen ab, zurück zum Auto und versuchen eine andere Strecke …«

»Klingt nicht sehr verlockend.«

»… oder wir klettern über den Grat.« Robert wartet Veras Reaktion nicht ab. Aus dem Rucksack holt er Klettergurte und ein paar andere Sachen. »Steh auf!«

Vera gehorcht. Er reicht ihr eine Stirnlampe. »Nicht anknipsen, okay? Licht ist hier draußen meilenweit zu sehen. Die Lampe ist einzig und allein für Notfälle.«

»Wie orientieren wir uns?«

»Ich habe ein GPS-Gerät.«

Die Wolken, die sie eben noch freundschaftlich eingehüllt haben, reißen auf. Hoch über sich kann Vera das Bergmassiv erkennen.

»Du meinst nicht etwa, dass wir da drüber klettern sollen?«

»Doch. Genau das werden wir tun. Komm.«

Sie folgt ihm. Ihre Schritte knirschen in dem Geröll. Robert setzt zu einer weiten Kurve an.

»Wir müssen weiter weg von der Straße.«

Mit einem Mal ist auch der Mond zu sehen. Sein silbernes Licht gleitet über die steinerne Wüste.

»Na super«, wispert sie. »Jetzt werden wir bestrahlt wie von einem Scheinwerfer.«

»Keine Sorge. Die Straße steckt noch im Nebel. Schau, da drüben!«

Vera blickt nach links, zu der Stelle, wo sie Hals über Kopf ins Geröll rannten. Ihr Knie schmerzt. Sie hat Durst, aber sie will nicht um eine Wasserflasche bitten. Bloß keine Zeit verlieren. Weiter, einfach weiter!

Schon ziehen die Wolken wieder zu. So sehr Vera den Schutz der Natur schätzt, so verloren fühlt sie sich, als die Sicht wieder auf wenige Meter schrumpft.

Sie muss sich auf Robert verlassen, seine Kenntnisse und das GPS-Gerät. Nie wieder wird sie in die Berge fahren. Tatsächlich, sie mochte Berge noch nie. Dumm, diese Abneigung zu ignorieren. Falls sie jemals wieder Urlaub machen wird, wenn das alles irgendwann vorbei ist, wird sie an einen See fahren und sich ins Gras legen. Vielleicht auf einer Luftmatratze ein wenig in den Wellen treiben. Mehr nicht.

Konzentriert folgt sie Robert, bemüht sich sogar, genau in seinen Spuren zu gehen. Das lenkt sie ab. Sie denkt dann nicht an die Polizei, die sie oben an der Straße erwartet. Wenn das wahr ist, was Sandra herausgefunden haben will: Werden die Polizisten sie töten? Sie beide? Damit der Maulwurf weiter aus seinem sicheren Versteck den Drogenhandel in Südtirol decken kann? Es muss wirklich jemand mit einer gewissen Position sein. Kein einfacher Beamter. Und Sandra? Lebt sie noch? Ist sie sicher im Krankenhaus?

»Wenn wir denen nicht in die Falle gehen, können sie sich doch denken, dass wir zu Fuß unterwegs sind, oder?«, fragt sie nach einer Weile.

»Nehme ich an«, kommt es einsilbig von oben.

»Mist.« Sie sieht die Szenerie vor sich: Roberts Auto hinter der Kapelle wurde gefunden. Sie wissen also, dass zwei Menschen zu Fuß, mit Seil und Haken die Staatsgrenze überwinden wollen. Um Österreich zu erreichen und damit zumindest in Sicherheit vor der italienischen Polizei zu sein. Was aber noch keine Rückversicherung darstellt, auch wirklich davonzukommen, denn immerhin sind auch die Drogengangster noch hinter ihnen her.

Der Weg wird so steil, dass Vera alle paar Schritte stehenbleibt, um Atem zu schöpfen. Ihr Knie pocht böse. Robert sieht sich ungeduldig nach ihr um.

»Schneller, Vera!«

Sie nickt, bereit, gehorsam, natürlich, selbstverständlich. So wie sie immer zu allem genickt hat. Bloß ist es da nie um besonders viel gegangen. Jedenfalls nicht um ihr Leben. Nur um unwichtige Dinge. Fernsehzeiten, Fußball, dreckige Klamotten. Sie mag gar nicht mehr daran denken. Möchte abschließen mit dem vorherigen Leben, mit der Vera, die immer den Bedürfnissen anderer hinterhergelaufen ist. Robert befestigt einen Karabiner an ihrem Klettergurt. Während er mit der Ausrüstung beschäftigt ist, blickt sie sich um. Kein Loch in den Wolken. Sie und Robert treiben im Nirgendwo, es könnte auch auf dem Mond sein. So eine Verlassenheit hat Vera bislang nie erfahren.

Sie strengt sich an, achtet auf Roberts Anweisungen, klettert. Am Anfang geht es gut, doch bald ragt das Massiv wie eine Wand auf. Der nackte Stein gibt wenig her, um sich einen Halt zu verschaffen. Sie krallt sich fest, wo sie kann, vertraut ansonsten Robert. Verliert das Zeitgefühl. Ihre Schuhe sind denkbar ungeeignet für eine Klettertour. Sie hat keine Übung. Sie ist nicht schwindelfrei. Doch in einer kleinen Ecke ihres Gehirns gelingt es ihr, nur die Aufgabe des Augenblickes zu sehen.

Lebendig über die Grenze kommen.

Es ist Mittwoch, der 9. Juli, 2.30 Uhr.

35.

Steine rollen unter Veras Füßen weg.

»Vorsicht!« Robert wendet sich zu ihr um. Von irgendwo bricht Mondlicht durch und beleuchtet sein vor Anstrengung verzerrtes Gesicht.

»Ich kann nicht mehr. Mein Knie tut höllisch weh.«

»Du musst aber.«

Sie wagt den Blick nach unten. Tatsächlich haben die Wolken den Blick bis zur Straße freigegeben. Vera hofft beinahe, etwas zu erkennen, ein Auto, Leute, aber dazu ist es wiederum zu dunkel.

»Können die uns sehen? Falls sie da sind?«

»Weiter!«

Robert scheint zu erschöpft für Antworten. Das Gleichmaß seiner Bewegungen wirkt betäubend auf Vera. Die Müdigkeit fordert ihren Tribut. Mit aller Willenskraft muss sie die Augen offenhalten. Ihre Finger sind eiskalt, werden mit jeder Minute unbeweglicher. Doch das Klettern geht jetzt gut. Sie ist in einen Trott gefallen, der sich Roberts Schritten anpasst. Ihr Atem geht keuchend, und trotz der Kälte schwitzt sie in dem Anorak.

»Wenn wir den Grat erreicht haben, müssen wir nach links und noch ein Stück an der Kante entlanglaufen. Dann kommt die Grenze. Sobald es abwärts geht, sind wir in Österreich.«

»Ich vertraue dir.«

»Nur, dass du weißt, wohin du laufen musst. Im Fall des Falles.«

Vera erstarrt. Sie kommt aus dem Rhythmus. »Was meinst du?«

»Sobald wir oben sind, werden wir besser sichtbar sein als hier in der Wand. Sollten wir gesehen werden …«

»Der Plan ist aber, dass wir *beide* in Sicherheit sind«, zischt Vera.

Robert schnaubt nur.

Nach weiteren 20 Minuten erreichen sie den Grat. Vera lässt sich einfach fallen. Robert wirft sich neben sie. So liegen sie schwer atmend da. Einige Minuten. Oder Stunden? Vera weiß es nicht.

Schweigend löst Robert das Seil, das sie miteinander verbunden hat, und nimmt die Sandwiches und die Wasserflaschen aus dem Rucksack.

»Iss. Das war anstrengend.«

Die Wolken sitzen wie Watte auf dem Grat. Langsam trocknet der Schweiß auf Veras Körper. Ein Frösteln rinnt ihr über den Rücken. Hungrig verschlingt sie ihr Sandwich.

»Okay. Weiter.« Robert richtet sich bereits auf.

Vera hört Schritte. Und das Kratzen von Metall auf Stein.

»Robert?«

Er hebt die Hand, hat es auch gehört.

»Da ist jemand!« Vera formt die Worte lautlos mit den Lippen.

Robert zieht sie hoch, deutet nach links, am Grat entlang. Setzt sich in Trab.

Vera folgt. Wenn sie an die steile Wand denkt, die neben ihr in den Abgrund führt, wenngleich sie ihn nicht sehen kann, krampft sich ihr Magen zusammen. Zum Glück hat sie keine Zeit, über falsche Schritte nachzugrübeln. Sie muss mit Robert mithalten. Der Abstand zu ihm beträgt nur wenige Meter, aber er vergrößert sich rasch.

Die Wolken reißen auf. Vor ihnen liegt eine mondbeschienene, atemberaubende Berglandschaft. Schneefelder, die silbern in der Nacht glänzen. Sterne, so nah, als könnte man sie mit Händen greifen. Gehetzt dreht Vera sich um. Weit hinter sich ahnt sie Leute. Zwei oder drei, die ebenfalls den Grat entlanghasten.

»Robert!«

»Ja, sie folgen uns. Los, wir haben es fast geschafft.«

Seine Worte klingen überlaut in der Bergnacht. Vera zieht den Kopf ein, als ahnte sie voraus, was kommt:

»Stehen bleiben!«

Die Stimme ist männlich, außer Atem und noch ein gutes Stück weg. Robert rennt jetzt. Vera auch. Die Panik verleiht ihr Kraft. Sie tritt in eine Schneewehe und strauchelt, stürzt, rappelt sich auf. Läuft. Plötzlich kann sie Robert nicht mehr sehen. Sie will nach ihm rufen, doch ihr versagt die Stimme. Sie bekommt kaum Luft.

Er hat gesagt: »Sobald es abwärts geht, sind wir in Österreich.« Es geht nicht abwärts. Im Gegenteil, Vera hat das Gefühl, immer noch gegen die Schwerkraft anzukämpfen. Wenn nur die Wolken sich wieder zuziehen würden! Stoßgebete zum Himmel schickend, läuft Vera weiter. Tritt in ein schmales Loch, ein übler Schmerz schießt ihr Bein hoch. Sie rennt.

Robert!

Weiter vorne zeichnet sich seine Silhouette vor dem silbernen Himmel ab. Und dort, irgendwo weiter weg – färbt sich da der Himmel nicht bereits rötlich? Immer wieder strauchelt Vera, stützt sich mit den Händen ab. Nun hört sie Geschrei hinter sich, wirre Worte, die an ihr vorbeischießen wie verirrte Kugeln. Tatsächlich rast etwas an ihrem Ohr vorbei. Sie schlägt einen Haken wie ein Hase.

Die können doch nicht auf uns schießen?, denkt sie. Lächerlich, nach all den Qualen auf 2.500 Metern einfach erschossen zu werden. So etwas passiert nicht im echten Leben. Nur in Filmen.

Neben ihr spritzt Gestein auf. Vera läuft. Links, rechts, umrundet größere Felsbrocken. Dann sind Wolken da, sie ist umhüllt, eine Galgenfrist, wieder spritzt Gestein, sie rennt, blind, Robert sieht sie nicht mehr. Das Laufen geschieht von selbst, die Beine tun, was sie müssen, der Schmerz ist weg. Veras Körper fühlt sich an, als sei er schwerelos, leichter als Luft. Sie fliegt förmlich über Felsen, Schneereste, Geröll. Es geht so leicht, dass sie meint, es endlich geschafft zu haben. Zum Bergfex geworden zu sein. Über Nacht.

»Vera!«

Plötzlich steht Robert da, die Hände an die Seite gepresst.

»Robert, Gott sei Dank!«

»Wir sind über der Grenze.«

»Verdammt, die schießen.«

»Hast du ein Handy?«

»Nur das von Darius.«

Robert diktiert eilig eine Nummer. Vera wählt. Währenddessen gehen sie weiter. Langsamer jetzt, bedächtiger. Robert überprüft die Richtung mithilfe seines GPS-Geräts. Als sich eine Frauenstimme am anderen Ende meldet, reicht sie ihm das Handy.

Er sagt ein paar Sätze in diesem unverständlichen Dialekt, legt auf.

»Meine Schwester.«

Etwas knallt gegen einen Felsen, keine zwei Meter neben ihnen.

Robert greift nach Veras Hand. Sie rennen. Einfach bergab. Ohne Orientierung durch das watteweiche Wolkengebräu. Steine rutschen unter ihren Füßen weg. Das geht lang so. Bis sie plötzlich Asphalt unter den Sohlen spüren.

»Wir haben die Straße erreicht!« Robert bleibt stehen. Lacht auf. »Mein Gott!«

»Was ist mit dir, warum gehst du so gekrümmt?«

»Ich bin gestürzt. Habe mir wahrscheinlich eine Rippe geprellt.«

»Verdammt.«

»Und du?«

»Und ich?«

»Geht es dir gut?«

»Total. So einen Erholungsurlaub hätte ich schon längst mal machen sollen!«

Robert nimmt sie in die Arme und drückt ihr Gesicht an seine Schulter. So stehen sie eine Weile. Nicht sehr lang.

»Wir gehen jetzt die Straße runter. Weiter unten kommt der Ort Hochgurgl. Dort hat es etliche Hotels. Irgendjemand wird uns helfen.«

Vera nickt.

Robert lässt sie los. Sie erhascht einen Blick in seine Augen, die im morgendlichen Dämmerlicht, das durch die Wolken dringt, seltsam farblos wirken.

»Okay. Let's go.«

Es ist Mittwoch, der 9. Juli, 5.30 Uhr.

36.

Vera lässt den Kopf in die Kissen sinken. Die beiden Beamten, die mit Notizblöcken bewaffnet am Fenstersims lehnen, stellen Fragen. Sinnvolle oder sinnlose, Vera kann es nicht beurteilen. Die Ärzte haben sie davor bewahrt, noch am Morgen befragt zu werden. Nicht vernehmungsfähig, lautete die lapidare Aussage gegenüber der Kripo. Aber am Abend sind die Polizisten zurückgekommen.

Veras Knie ist übel geprellt, und ein Band am linken Knöchel ist angerissen. Im Augenblick helfen Schmerztabletten und Eisbeutel. Sie liegt im Innsbrucker Klinikum. Der Blick aus dem Fenster zeigt, einmal mehr, Berge.

»Sie haben also auf Aufforderung Ihres Sohnes …«, sagt der eine Polizist.

Aufforderung, denkt Vera. Das ist eigentlich das korrekte Wort.

»Ich weiß nicht«, sagt Vera, »ehrlich gesagt …«

Die Tür öffnet sich, und eine Frau stellt sich vor.

»Carolin Lazzer, ich bin die Anwältin von Frau Täling.« Sie schickt Vera ein strahlendes Lächeln. Blonde Locken hüpfen um ihr stupsnasiges Gesicht.

Verblüfft starrt Vera die Frau an. Sie hat eine Anwältin? Zum Glück betritt zeitgleich eine Krankenschwester das Zimmer, eine neue Eiskompresse in der Hand.

»Aber hallo, Frau Täling. So viel Besuch?« Die Schwester ist rund, schwarzes Haar sitzt wie ein Pudel auf ihrem Kopf. »Was macht der Fuß?«

»Im Augenblick merke ich nicht viel.«

»Das sind die Schmerzmittel.« Kritisch mustert sie die Beamten. »Nicht so lange, meine Herren, die Patientin braucht noch viel Ruhe.«

Da ist was dran, denkt Vera. Immerhin haben die Verrückten auf uns geschossen. Wie in Trance wohnt sie der Auseinandersetzung der Polizisten mit der Anwältin bei. Schließlich stecken die beiden ihre Blöcke weg und verlassen das Zimmer. Die Anwältin zieht sich einen Stuhl heran.

»Also, Frau Täling.«

»Wo kommen Sie denn auf einmal her?«, fragt Vera, während die Krankenschwester das Kopfteil ihres Bettes noch ein wenig höher stellt.

»Roberts Schwester Tessi ist Anwältin. Sie hat mich informiert, und dann hat auch noch Robert angerufen. Ein aufregender Morgen in der Kanzlei, das kann ich Ihnen sagen.«

»Ich frage mich, wohin Robert noch alles Verbindungen hat«, murmelt Vera.

»Ach, Bozen und Innsbruck, die sind ja nicht weit voneinander weg.« Carolin Lazzer lacht. »Ich stamme ursprünglich auch aus Südtirol, habe in Wien studiert und vor ein paar Jahren mit meinem Mann zusammen, der wiederum Innsbrucker ist, hier eine Kanzlei aufgemacht. Aber zu Ihnen. Was war da eigentlich los?«

Vera setzt sich im Bett zurück. »Am besten ist es wohl, ich fange von vorn an.«

»Könnte man meinen.«

»Welche Chancen habe ich?«

»Auf Straffreiheit? Das wird man sehen. Kooperation ist das eine, eine gute Strategie das andere. Schießen Sie los.«

Das lässt Vera sich nicht zweimal sagen. Sie beginnt mit ihren Geldsorgen, dem Verlust des Jobs und der Wohnung. Wie sie wider besseres Wissen auf Unterstützung ihres Sohnes hoffte. Ihr Anruf bei Darius. Die vier Pakete mit Kokain, Irma, die lange Fahrt nach Südtirol. Christina und ihre Großmutter, das Motorrad, die gescheiterte Übergabe, die verletzte Maria, die Berghütte und Robert, Irma und der *Airstream*, das Feuer. Wie sie sich von dort verkrümelte, um Sandra zu treffen. Die Umlaufbahn zur Seiser Alm, der Geländewagen von *Steiner Seilbahnen*. Ihre Flucht in den Belüftungsschacht. Sandra verletzt auf den Stufen zum Wirtshaus. Roberts erneutes Auftauchen und die Flucht über die Berge.

»Man könnte meinen, ich war mindestens zwei Wochen unterwegs«, seufzt Vera, als sie endet. »Dabei ist es gerade mal etwas mehr als 48 Stunden her, dass ich mit Irma zusammen in meinen Polo gestiegen bin.«

Carolin hat eifrig mitgeschrieben.

»Ich glaube, ich kann etwas für Sie tun.«

»Wirklich?«

»Es wird ein wenig kompliziert. Sie stammen aus Deutschland und haben dort das Kokain angenommen, sind nach Italien gefahren, und nun befinden wir uns in Österreich …«

»Ist es wahr, dass ein Maulwurf bei der Polizei in Bozen hinter uns her war?«

»Jemand ist heute Morgen verhaftet worden. Ein höherrangiger Beamter.« Carolin grinst.

»Wie geht es Sandra? Und Irma, wie kommt sie nach Hause?«

»Tessi hat die alte Dame unter ihre Fittiche genommen. Spätestens morgen fährt Irma mit dem Zug zurück nach Hause. Ihr kann nichts vorgeworfen werden.«

»Nein, absolut nicht. Sie wusste nichts von meiner Fracht.« Vera starrt aus dem Fenster. »Und Maria?«

»Der steht eine lange Rekonvaleszenz bevor. Ihre Enkelin kümmert sich um sie.«

»Christina?«

»Genau die. Tessi hat Maria gestern im Krankenhaus besucht, und Christina war dort.«

Vor Erleichterung kommen Vera die Tränen. »Ist das wirklich wahr? Ich hatte solche Angst, dass die Dealer Christina aus dem Weg geräumt haben könnten …«

»In dem Fall kann ich Sie beruhigen: Der Leichenwagen und die Polizei waren in Sankt Andrä, weil jemand von den Gästen an einer Vergiftung gestorben ist. Wie sich allerdings herausstellte, hatte es nichts mit der Verköstigung aus der Hotelküche zu tun. Trotzdem machte der Fall in den Medien natürlich schnell die Runde.«

»Um Gottes willen.« Vera schüttelt den Kopf. »Ich kann es kaum fassen. Wenigstens dieser Tote steht nicht auf meiner Liste.«

»Sandra hat es nicht geschafft«, fährt Carolin fort. »Besser, ich sage es Ihnen gleich. Sie war ohnehin nicht gesund. Und die Kopfverletzung erwies sich als schwerer, als zunächst gedacht.«

Diese Nachricht schwemmt das Gefühl der Erleichterung, das Vera eben fast in einen Zustand der Euphorie versetzte, komplett weg.

»Sandra …«

Ihr Handy klingelt. Es ist das kleine Ding, das Darius ihr mitgegeben und mit dem Robert vor wenigen Stunden, draußen am Berg, seine Schwester Tessi angerufen hat.

»Wer könnte das sein?« Vera betrachtet stumm die Nummer auf dem Display. Eine deutsche Vorwahl.

»Gehen Sie doch ran«, sagt Carolin freundlich.

»Hallo?«, nimmt Vera das Gespräch an.

»Ich bin's, Darius.«

Wie elektrisiert umklammert Veras Hand das kleine Telefon.

»Darius, wo bist du nur abgeblieben? Ich habe mir Sorgen gemacht.«

»Die hatten mich in der Mangel, aber sie konnten nichts machen. Ich bin abgehauen. Ich brauche Geld, um mich abseilen zu können. Wenigstens für eine Weile.«

Er braucht Geld.

»Darius, es …«

»Hörst du? Ich brauche dringend Geld.«

Vera lässt das Handy sinken. Sie blickt Carolin an und formt mit den Lippen die Worte: »Mein Sohn.«

Carolin streckt die Hand aus.

Vera hält sich das Telefon wieder ans Ohr. »Hör zu, Darius, ich bin zufällig gerade auf der Bank.«

»Kannst du ein paar Tausender abheben?«

Darius sagt noch mehr, doch Vera hört ihm nicht mehr zu.

»Warte. Ich reiche dich weiter an meine Bankberaterin.«

Sie hält Carolin das Handy hin. Die reckt den Daumen in die Höhe. Nimmt das Handy und spricht mit Darius. Währenddessen macht sie ein paar Notizen. Das Gespräch dauert lange, und an Carolins Sätzen kann Vera hören, dass sie Darius klarmacht: Kooperiere, dann finden wir Hilfe. Lass es sein, dann war es das.

Vera schwingt umständlich die Beine von der Matratze und hinkt mithilfe der Krücken, die an ihrem Nachttisch lehnen, ins Bad. Ihr ist schwindelig. Der Magen krampft sich zusammen. Sie denkt an Sandra, ihre coole, fröhliche Art. Und Maria … Sie stellt die Krücken ab. Dreht das kalte Wasser auf und lässt es über ihre Unterarme rinnen. Langsam beruhigt sich das Karussell in ihrem Kopf. Lange betrachtet sie ihr Gesicht im Spiegel. Ein paar Falten mehr, Kratzer an Stirn und Wangen. Auch die Hände sehen mitgenommen aus. Sie streckt sie von sich. Gesplitterte Nägel, ein Riss auf dem linken Handrücken. Ein Pflaster auf dem anderen.

Vera stellt das Wasser ab und humpelt zurück ins Zimmer, wo Carolin eben ihre Aktenmappe unter den Arm klemmt.

»Ich melde mich wieder, Frau Täling. Spätestens morgen wird die Polizei einen neuen Versuch starten, mit Ihnen zu sprechen. Ich werde dabei sein.«

»Gut. Danke.« Vera setzt sich aufs Bett. Dann hebt sie den Kopf. »Sagen Sie, wo ist eigentlich Robert?«

Es ist Mittwoch, der 9. Juli, 10.30 Uhr.

ENDE

Kea Laverde ermittelt:

1. Fall: Schweigfeinstill
ISBN 978-3-89977-805-2

2. Fall: Fliehganzleis
ISBN 978-3-8392-1012-3

3. Fall: Bisduvergisst
ISBN 978-3-8392-1034-5

4. Fall: Wieweitdugehst
ISBN 978-3-8392-1098-7

5. Fall: Wernievergibt
ISBN 978-3-8392-1135-9

6. Fall: Wasdunkelbleibt
ISBN 978-3-8392-1199-1

7. Fall: Ein Toter, der nicht sterben darf
ISBN 978-3-8392-1612-5

8. Fall: Falsche Versprechen
ISBN 978-3-8392-2154-9

weitere:

Du bist fort und ich lebe
ISBN 978-3-8392-1459-6

Wer mordet schon in Franken?
ISBN 978-3-8392-1507-4

Geisterflug
ISBN 978-3-8392-2314-7

Mörderische Prachtbäder
ISBN 978-3-8392-2234-8

Kurbäder im Herzen Europas
ISBN 978-3-8392-2418-2

Lieblingsplätze Oberfranken
ISBN 978-3-8392-2621-6

Osterläuten
ISBN 978-3-8392-2849-4

Schatten über Südtirol
ISBN 978-3-8392-0409-2

Weihnachtskrimis von Friederike Schmöe:

Katinka Palfy ermittelt:

Süßer der Punsch nie tötet
ISBN 978-3-8392-2185-3

Lasst uns froh und grausig sein
ISBN 978-3-8392-1186-1

Still und starr ruht der Tod
ISBN 978-3-8392-2182-2

Drauß' vom Walde
ISBN 978-3-8392-2307-9

O du fröhliche, o du grausige
ISBN 978-3-8392-2744-2

weitere:

Schaurige Weihnacht überall
ISBN 978-3-8392-1436-7

Stille Nacht, grausige Nacht
ISBN 978-3-8392-1804-4

Von Zimtsternen und Zimtzicken (Anthologie, 1 Beitrag)
ISBN 978-3-8392-1955-3

DIE NEUEN Lieblings-plätze

ISBN 978-3-8392-0154-1

ISBN 978-3-8392-2730-5

ISBN 978-3-8392-0155-8

ISBN 978-3-8392-0158-9

ISBN 978-3-8392-0160-2

ISBN 978-3-8392-0159-6

ISBN 978-3-8392-0161-9

ISBN 978-3-8392-0163-3

ISBN 978-3-8392-0164-0

ISBN 978-3-8392-2626-1

ISBN 978-3-8392-0156-5

ISBN 978-3-8392-0157-2

ISBN 978-3-8392-0166-4

ISBN 978-3-8392-0166-4

ISBN 978-3-8392-2838-8

ISBN 978-3-8392-0168-8

GMEINER KULTUR

WWW.GMEINER-VERLAG.DE

Mensch, Kultur, Region